走近方干

李龙 — 编著

团结出版社
UNITY PRESS

图书在版编目（CIP）数据

走近方干 / 李龙编著. —北京：团结出版社，2023. 11
ISBN 978-7-5234-0494-2

Ⅰ. ①走… Ⅱ. ①李… Ⅲ. ①中国文学-古典文学-作品综合集-晚唐②方干-生平事迹 Ⅳ. ①I214.242②K825.6

中国国家版本馆 CIP 数据核字（2023）第 207866 号

出　　版：团结出版社
　　　　　（北京市东城区东皇城根南街 84 号　邮编：100006）
电　　话：(010) 65228880　65244790
网　　址：www. tjpress. com
E - mail：65244790@163. com
装帧设计：书香力扬
经　　销：全国新华书店
印　　刷：四川科德彩色数码科技有限公司

开　　本：145mm×210mm　1/32
印　　张：7.75
字　　数：81 千字
版　　次：2023 年 11 月第 1 版
印　　次：2023 年 11 月第 1 次印刷

书　　号：ISBN 978-7-5234-0494-2
定　　价：58.00 元

编委会

目 录
CONTENTS

赠方处士兼以写别

李群玉

天与云鹤情，人间恣诗酒。

龙宫奉采觅，澒洞一千首。

清如南薰丝，韵若黄钟吼。

喜于风骚地，忽见陶谢手。

籍籍九江西，篇篇在人口。

芙蓉为芳菲，未落诸花后。

所知心眼大，别自开户牖。

才力似风鹏，谁能算升斗。

无营傲云竹，琴帙静为友。

鸾凤戢羽仪，骐骥在郊薮。

镜湖春水绿，越客忆归否。

白衣四十秋，逍遥一何久。

此身无定迹，又逐浮云走。

离思书不穷，残阳落江柳。

赠方处士

李群玉

白衣方外人，高闲溪中鹤。
无心恋稻粱，但以林泉乐。
赤霄终得意，天池俟飞跃。
岁晏入帝乡，期君在寥廓。

李群玉（808—862），字文山，唐代澧州人。《湖南通志·李群玉传》称其诗"诗笔妍丽，才力遒健"。唐宣宗赐以"锦彩器物"，"授弘文馆校书郎"。三年后辞官回归故里，死后追赐进士及第。

寄处士方干

周　朴

桐庐江水闲，终日对柴关。
因想别离处，不知多少山。
钓舟春岸泊，庭树晓莺还。
莫便求栖隐，桂枝堪恨颜。

周朴（？—878），字太朴，吴兴（今浙江湖州）人。工于诗，避地福州，寄食乌石山僧寺。黄巢寇闽，欲降之，不从，遂见害。

赠方干

贯　休

盛名与高隐，合近谢敷村。

弟子已得桂，先生犹灌园。

垂纶侵海介，拾句历云根。

白日升天路，如君别有门。

春晚访镜湖方干

贯　休

幽居湖北滨，相访值残春。
路远诸峰雨，时多攃鳖人。
蒸花初酿酒，渔艇劣容身。
莫讶频来此，伊余亦隐沦。

怀方干张为

贯　休

冥搜入仙窟，半夜水堂前。
吾道只如此，古人多亦然。
萤沈荒坞雾，月苦绿梧蝉。
因忆垂纶者，沧浪何处边。

贯休（823—912），俗姓张，字德隐，婺州兰溪（今浙江兰溪）人，七岁时便投本县和安寺圆贞禅师出家为童侍，日诵《法华经》一千言，过目不忘。又雅好吟诗，兼工书画，终于蜀。

吴门再逢方干处士

罗　邺

天上高名世上身，垂纶何不驾蒲轮。

一朝卿相俱前席，千古篇章冠后人。

稽岭不归空挂梦，吴宫相值欲沾巾。

吾王若致升平化，可独成周只渭滨。

罗邺（825—?），余杭（今属浙江）人。与罗隐、罗虬俱以诗名，时人称为"三罗"。唐咸通中，累举进士不第，曾赴单于牙帐前任职，郁郁而终。光化中，以韦庄奏，追赐进士及第。有《罗邺诗集》。

寄方干

曹　松

桐庐江水闲，终日对柴关。

因想别离处，不知多少山。

钓舟春岸阔，庭树晚烟还。

莫便求栖隐，桂枝堪恨颜。

秋日送方干游上元

曹　松

天高淮泗白，料子趋修程。
汲水疑山动，扬帆觉岸行。
云离京口树，雁入石头城。
后夜分遥念，诸峰霜露生。

赠镜湖处士方干二首

曹　松

一

包含教化剩搜罗，句出东瓯奈峭何。

世路不妨平处少，才人唯是屈声多。

云来岛上便幽石，月到湖心忌白波。

后辈难为措机杼，先生织字得龙梭。

二

只拟应星眠越绝，唯将丽什当高勋。

磨砻清浊人难会，织络虚无帝亦闻。

鸟道未知山足雨，渔家已没镜中云。

他时莫为三征起，门外沙鸥解笑君。

九江送方干归镜湖

曹　松

一樯悬五两，此日动归风。
客路抛溢口，家林入镜中。
谭馀云出岫，咏苦月欹空。
更若看鸂鶒，何人夜坐同。

　　曹松（828—903），字梦征，舒州（今安徽潜山附近）人。早年曾避乱栖居洪都西山，后依建州刺史李频。李死后，流落江湖，无所遇合。唐天复初，与王希羽、刘象、柯崇、郑希颜等进士及第，年皆七十余，时号"五老榜"。特授校书郎、秘书省正字。有诗名。

题方干诗

罗　隐

中间李建州，夏汭偶同游。

顾我论佳句，推君最上流。

九霄无鹤板，双鬓老渔舟。

世难方如此，何当浣旅愁。

　　罗隐（833—909），字昭谏，新登（今浙江杭州富阳区）人。本名横，因十次考进士，不中，改名为隐。后入镇海军节度使钱镠幕，迁节度判官、给事中等职。

方干隐居

李山甫

咬咬嘎嘎水禽声，露洗松阴满院清。

溪畔印沙多鹤迹，槛前题竹有僧名。

问人远岫千重意，对客闲云一片情。

早晚尘埃得休去，且将书剑事先生。

李山甫，唐咸通中累举不第，依魏博幕府为从事。尝逮事乐彦祯、罗弘信父子，文笔雄健，名著一方。

寄题方干处士

郑 谷

山雪照湖水，漾舟湖畔归。
松篁调远籁，台榭发清辉。
野岫分闲径，渔家并掩扉。
暮年诗力在，新句更幽微。

郑谷（848—909），字守愚。袁州（今江西宜春）人，唐光启三年（887）进士，授京兆鄠县尉。迁右拾遗，官至都官郎中，诗家因称"郑都官"。

赠方干处士歌

吴　融

把笔尽为诗，何人敌夫子？

句满天下口，名聒天下耳。

不识朝，不识市；旷逍遥，闲徙倚。

一杯酒，无万事；一叶舟，无千里。

衣裳白云，坐卧流水。

霜落风高忽相忆，惠然见过留一夕。

一夕听吟十数篇，水榭林萝为岑寂。

拂旦舍我亦不辞，携筇径去随所适。

随所适，无处觅。云半片，鹤一只。

吴融（850—903），字子华，越州山阴（今浙江绍兴）人。唐龙纪元年（889）进士。历侍御史、左补阙、中书舍人、户部侍郎。

读方干诗因怀别业

崔　涂

把君诗一吟，万里见君心。
华发新知少，沧洲旧隐深。
潮冲虚阁上，山入暮窗沈。
忆宿高斋夜，庭枝识海禽。

崔涂（854—?），字礼山，富春（今浙江富阳、桐庐一带）人。唐光启四年（888）进士。

和方干题李频庄

翁　洮

高情度日非无事，自是高情不觉喧。

海气暗蒸莲叶沼，山光晴逗苇花村。

吟时胜概题诗板，静处繁华付酒尊。

闲伴白云收桂子，每寻流水劚桐孙。

犹凭律吕传心曲，岂虑星霜到鬓根。

多少清风归此地，十年虚打五侯门。

赠方干先生

翁　洮

由来箕踞任天真，别有诗名出世尘。

不爱春宫分桂树，欲教天子枉蒲轮。

城头鼙鼓三声晓，岛外湖山一簇春。

独向若耶溪上住，谁知不是钓鳌人？

翁洮（生卒年不详），字子平，睦州寿昌（今属浙江建德）人。唐光启三年（887）登进士第。官主客员外郎，后退居不仕。

寄镜湖方干处士

齐 己

贺监旧山川，空来近百年。
闻君与琴鹤，终日在渔船。
岛露深秋石，湖澄半夜天。
云门几回去，题遍好林泉。

齐己（863—937），名得生，姓胡氏，益阳（今属湖南）人。出家大沩山同庆寺，复栖衡岳东林。后欲入蜀，经江陵，高从诲留为僧正，居之龙兴寺，自号"衡岳沙门"。有《白莲集》。

寄方干处士

释尚颜

格外缀清诗，诗名独得知。

闲居公道日，醉卧牡丹时。

海鸟和涛望，山僧带雪期。

仍闻称处士，圣主肯相违。

释尚颜，俗姓薛，字茂圣，汾州（今山西汾阳）人。出家荆门。光化、开平年间以诗名世。

镜湖雪霁贻方干

崔道融

天外晓岚和雪望，月中归棹带冰行。
相逢半醉吟诗苦，应抵寒猿袅树声。

崔道融（880？—907），唐代诗人，自号东瓯散人，荆州江陵（今湖北江陵县）人。乾宁二年（895）前后，任永嘉（今浙江省温州市）县令。后入朝为右补阙，不久因避战乱入闽。与司空图、方干为诗友。《全唐诗》录存其诗近八十首。

赠方干

释可朋

盛名传出自皇州，一举参差便缩头。
月里岂无攀桂分，湖中刚爱钓鱼休。
童偷诗藁呈邻叟，客乞书题谒郡侯。
独泛短舟何限景，波涛西接洞庭秋。

　　释可朋（885—963），丹棱（今属四川）人。年二十在净众寺（今竹林寺）削发为僧，后任住持。晚年披缁于丹棱县九龙山竹林寺。自号醉髡，世称"醉酒诗僧"。有《玉垒集》，今不传。

吊方干处士二首

唐彦谦

一

不谓高名下，终全玉雪身。
交犹及前辈，语不似今人。
别号行鸣雁，遗编感获麟。
敛衣应自定，只著古衣巾。

二

不比他人死，何诗可挽君？
渊明元懒仕，东野别攻文。
沧海诸公泪，青山处士坟。
相看莫浪哭，私谥有前闻。

唐彦谦，字茂业，号鹿门先生，并州晋阳（今太原）人。唐咸通二年（861）进士。中和中王重荣辟为从事，官至兴元节度副使、阆州、壁州刺史。有《鹿门集》。

哭方干

杜荀鹤

何言寸禄不沾身，身没诗名万古存。
况有数篇关教化，得无余庆及儿孙。
渔樵共垒坟三尺，猿鹤同栖月一村。
天下未宁吾道丧，更谁将酒酹吟魂。

杜荀鹤（846—904），字彦之，号九华山人，池州石埭（今安徽石台）人。相传为杜牧出妾之子。唐大顺二年（891）进士，历授翰林学士、主客员外郎、知制诰。有《唐风集》。

哭元英先生

孙郃

牛斗文星落，知是先生死。

湖上闻哭声，门前见弹指。

官无一寸禄，名传千万里。

死著弊衣裳，生谁顾朱紫？

我心痛其语，泪落不能已。

犹喜韦补阙，扬名荐天子。

孙郃，生卒年均不详，约906年（唐朝末）前后在世，字希韩，浙江台州仙居人。唐乾宁四年（897）登进士及第。好荀、扬、孟之书。官校书郎，河南府文学。朱温篡唐，归隐。《新唐书·艺文志》录有《孙氏文纂》四十卷。

悼方干处士

释虚中

先生在世日，只向镜湖居。

明主未巡狩，白头闲钓鱼。

烟莎一径小，洲岛四邻疏。

独有为儒者，时来吊旧庐。

释虚中，生平不详。

题方干旧隐

邵 简

奇峰重复叠，宅近翠屏间。

僧到方怜静，云留自共闲。

岩前樵径接，门外钓舟还。

老约为邻并，须求一亩山。

邵简，祖籍陕西长安，唐末丧乱，祖父邵岳携族南下，任连州知州，落籍桂阳（今广东连县）。父邵崇德任道州录事参军。邵简，曾任连山县令、祠部员外郎、知婺源郡。

经方干旧居

乾　康

镜湖中有月，处士后无人。
荻笋抽高节，鲈鱼跃老鳞。

乾康，五代零陵（今湖南永州）诗人。

题方处士旧隐

丁 谓

偶向双台吊子陵，布衣携手远相迎。
乍亲冠盖谈谐少，入住山林骨相清。
正好苦辛缘齿少，最难遭遇是时平。
李频乡党元英后，皆合工诗取盛名。

丁谓，字谓之，后来改字为公言，苏州长洲（今江苏省苏州市）人。北宋初年宰相。淳化三年（992）中进士，历任大理评事、饶州通判、直史馆、福建路采访使、转运使，升三司户部判官、峡州路转运使、尚书工部员外郎、夔州路转运使、权三司盐铁副使、知制诰判吏部流内铨、右谏议大夫、权三司使等，乾兴元年，封丁谓为晋国公。明道中，授秘书监致仕。

过元英先生旧隐

毛维甫

唐室中微处士星，光辉清夜照岩扃。

渔樵共隐烟波绿，风雅常存竹简青。

庭秀芝兰生旧径，月明鸥鹭宿前汀。

应知近日儿孙贵，严子祠堂对刻铭。

毛维甫，北宋初期人，与毛维藩、毛维瞻三兄弟"一门三进士"，声震浙西。曾任睦州团练推官。

题方干旧隐二首

刁　湛

一

自别高居二纪余，今朝重到懒踟蹰。
山川胜景依然在，屈指交亲一半无。

二

一染浮名十五春，强随时态役天真。
何年卜筑兹山下，却笑区区世路人。

　　刁湛（971—1049），润州丹阳（今属江苏）人。真宗咸平三年
（1000）进士。授大理评事、知宣城、大冶等县。历知潮、庐、寿诸州及荆
湖北路提点刑狱。仁宗即位，迁夔州路转运使、三司度支判官。皇祐元年
卒，年七十九。事见《乐全集》卷三九《刁公墓志铭》《宋史》卷四四一
《刁衎传》。

题方干旧隐

刁　渭

长乐监州路再经，主翁道旧眼偏青。
他年解罢相迎处，应就溪边折桂亭。

刁渭，刁衎（945—1013）之三子，大中祥符元年进士甲科，曾任屯田员外郎。

题方干旧隐二首

李若谷

一

世占桐江籍，君真处士家。
风骚传旨趣，林樾是生涯。
垂钓严滩近，求名帝里赊。
扁舟我相访，远岸日初斜。

二

奇峰重复叠，宅在翠屏间。
僧到偏怜静，云留自共闲。
岩前樵径接，门外钓舟还。
老约为邻并，须求一亩山。

李若谷，字子渊，徐州丰（今江苏丰县）人。宋真宗时进士，初仕长社县尉，累迁权三司户部判官，出为京东转运使。以太子少傅致仕，卒年八十，谥康靖。

过元英先生旧隐

杨舜宾

少微星出桐庐郡，数百年来处士庄。
道德若非人素重，子孙哪得世流长。
山深路远溪千曲，樵唱渔歌家四旁。
占尽寰中好风月，未教尘俗到仙乡。

杨舜宾，宋朝杨琼长子，曾任会稽郡从事，官至内殿崇班、阁门祗侯。

题方干旧隐

杨　翱

云山旦暮奇，筑隐世希续。
脱略浮官心，蝉联先祖躅。
门横严子濑，壁纪桐君篆。
应笑泛轻舠，日为官牒束。

杨翱（976—1042），字翰之，钱塘（今浙江杭州）人。早年举进士，知婺州东阳县。庆历二年卒，年六十七。

留题方干处士旧居

范仲淹

　　某景祐初典桐庐，郡有七里濑，子陵之钓台在。而乃以从事章岷往构堂而祠之，召会稽僧悦躬图其像于堂。洎移守姑苏，道出其下，登临徘徊。见东岳绝碧，白云徐生，云方干处士之旧隐，遂访焉。其家子孙尚多懦服，有楷者新策名而归。因留二十八言，又图处士像于严堂之东壁。楷请刊诗于其左。

　　风雅先生旧隐存，子陵台下白云村。
　　唐朝三百年冠盖，谁聚诗书到远孙。

赠方秀才楷

范仲淹

高尚继先君，岩居与俗分。

有泉皆漱石，无地不生云。

邻里多垂钓，儿孙半属文。

幽兰在深处，终日自清芬。

过元英先生旧隐

范仲淹

莫言寸禄不沾身，身后声名万古存。
幸得数篇传宇宙，得无余庆及儿孙。

宿方干处士旧居

范仲淹

　　仲淹自桐庐移守姑苏，由江而上登严陵钓台，移小舟南岸宿方干处士旧居，章从事闻之有诗见寄，依韵和之。

　　　　姑苏从古号繁华，却恋岩边与水涯。
　　　　重入白云寻钓濑，更随明月宿诗家。
　　　　山人惊戴乌纱出，溪女笑偎红杏遮。
　　　　来蚤又抛泉石去，茫茫荣利一吁嗟。

　　范仲淹（989—1052），字希文，吴县（今江苏苏州）人。宋大中祥符八年（1015）进士。仁宗朝官至枢密副使、参知政事。曾主持"庆历新政"。历知睦、苏、饶、润、越、永兴、延、耀、庆、邠、邓、杭、青等州。谥文正。有《范文正公集》二十卷。

方氏清芬阁

刁 约

自别高居二纪馀，今朝重到懒踟蹰。

山川胜景依然在，屈指交亲一半无。

刁约（994—1077），字景纯，润州丹徒（今属江苏）人。宋天圣八年（1030）进士，历诸王官教授。历官集贤校理、海州通判、开封府推官、两浙转运使、扬州知州、宣州知州。

题方干旧隐

李 稠

素履千钧重，浮名一羽轻。

鉴湖无点俗，钓濑有余清。

师帐多亲炙，诗坛久主盟。

元英留谥后，恋恋鲁诸生。

题方氏清芬阁

李　稠

唐末干戈染血腥，白云深处慕鸿冥。

但将句法传家法，合以文星伴客星。

七里滩声闻四海，一时事迹仰千龄。

鳞鳞诗版难为巧，光焰遗编简杀青。

李稠，资料不详。

题方干旧隐

王　皙

严叟台边处士居，竹林泉石尚清虚。
路穿叠嶂樵无虎，阁俯澄溪钓有鱼。
明主未尝遗薮泽，裔孙相继列簪裾。
不唯传刻诗千首，况有家藏九世书。

王皙，宋仁宗时期人，曾注《孙子兵法》，兵部郎中、集贤校理、知睦州。

读范桐庐述严先生祠堂碑

梅尧臣

二蛇志不同，相得榛莽里。一蛇化为龙，一蛇化为雉。

龙飞上高衢，雉飞入深水。为虘自得宜，潜游沧海涘。

变化虽各殊，有道固终始。光武与严陵，其义亦云尔。

所遇在草昧，既贵不为起。翻然归富春，曾不相助治。

至今存清芬，烜赫耀图史。人传七里滩，昔日来钓此。

滩上水溅溅，滩下石齿齿。其人不可见，其事清且美。

有客乘朱轮，徘徊想前轨。著辞刻之碑，复使存厥祀。

欲以廉贪夫，又以立懦士。千载名不忘，休哉古君子。

梅尧臣（1002—1060），字圣俞，宣城（今安徽宣州）人。初以从父梅询荫补太庙斋郎。历桐城、河南、河阳三县主簿，以德兴县令知池州建德县、许州襄城县，监湖州盐税，迁忠武、镇安两军节度判官。宋皇祐三年（1051）赐同进士出身，为国子直讲，累迁至尚书都官员外郎。嘉祐五年卒。有《宛陵先生文集》。

留题千峰榭呈孝叔

葛 闳

君把元英诗集披，群山依旧绕轩墀。

杜陵几醉花前地，谢客曾吟日落时。

雨过荷香兼酒美，云深泉韵透帘迟。

佳名大约称千数，百万岚盘一一奇。

葛闳（1003—1072），字子容，建德（今属浙江）人。宋天圣五年
（1027）进士。知信州上饶县，寻知蒙州，罢监在京药蜜库，出知婺州兰溪
县，移知化州，转殿中丞，通判常州。历知漳、台二州。熙宁四年（1071）
致仕，次年卒，年七十。

方玄英宅

倪天隐

家在严陵钓濑边，玄英处士旧田园。
传将诗句遗风月，留得云山到子孙。
坟上桂枝虽有恨，阶前玉树岂无根。
不因贤守存真赏，安得光华照一门。

倪天隐，号茅冈，桐庐（今属浙江）人。宋嘉祐中官桐庐县教谕，邑中有声，入乡祀。

方氏故居

邵 亢

偶分鱼竹到稽山，处士林泉一望间。
岁月自随流水远，姓名长与白云闲。
鉴中人去荒遗迹，溪口僧来写旧颜。
何日放船访岩薮，吾门高第约跻攀。

邵亢（1014—1075），字兴宗，润州丹阳（今属江苏）人。召试秘阁，授颍州团练推官。熙宁初迁龙图阁直学士，历知开封府，越、郑、郓、亳州，七年（1075）卒，谥安简。有文集一百卷，已佚。

题清芬阁

周敦颐

风雅久沦落，哇淫肆自陈。波澜嗟已靡，汗漫杳无津。

纷葩混仙蕊，谁可识清真。先生李郑辈，俗态非拟伦。

后生不识事，愈非句愈珍。至今桐庐水，相与流清新。

蝉联十一世，奕叶扶阳春。十年问御史，邂逅章江滨。

自惭无所有，衰叹徒欣欣。樽酒发狂笑，微言入典坟。

稍稍窥绪馀，每每露经纶。因知相有术，源委本清淳。

周敦颐（1017—1073），字茂叔，道州营道（今湖南道县）人。以舅郑向荫得官。神宗熙宁初，迁广东转运判官、提点刑狱，以疾求知南康军，因家庐山莲花峰下。峰前有溪，以营道故居濂溪名之，学者因称濂溪先生，为宋代道学创始人之一。有《周濂溪集》。

题方干旧隐

杨 蟠

大雁久零落，先生功可扶。

清风传笥箧，白首卧江湖。

异代留遗稿，何人接后途。

远孙虽赤绂，潇洒不能无。

杨蟠（约 1017—1106），北宋官员、诗人。字公济，别号浩然居士，章安（今属浙江临海）人，一作钱塘（今浙江杭州）。庆历六年进士，为密、和二州推官。元祐四年苏轼知杭州时，蟠为通判，以知寿州卒。为官清廉，深得民心。平生为诗数千篇，有《章安集》，已佚。

过元英先生旧隐

刘 彝

先生名节照千年，曾立诗功补化权。

旧隐尚存山水乐，清修常有子孙传。

双溪云巘连吟石，七里烟波属钓船。

偶入深源频语笑，白鹇惊啄鹿惊眠。

刘彝（1017—1086），字执中，福州人。北宋著名水利专家。幼从胡瑗学。登庆历进士第，调高邮簿，移胸山令。凡所以惠民者，无不至；邑人纪其事，目曰治范。神宗时除都水丞。因治水有功，升都官员外郎，又外放为两浙转运判官，改知处州。处州风俗崇尚巫鬼。刘彝著《正俗方》训导百姓，又强令淫巫 3700 家改业为医。于是处州风俗大为一新。加直史馆，知桂州。元祐初（1086）复以都水丞召还，病卒于道。彝著有七经中议 170 卷，明善集 30 卷，居阳集 30 卷，均《宋史本传》并传于世。此诗自注都官员外郎知处州事。

过元英先生旧隐

刘 定

家与客星联屋闾，韵高词雅世嫌迂。

幅巾陋巷前贤有，释榻佳城近古无。

滩畔旧山长紫翠，镜中别业未榛芜。

而今服豸真公子，节业文章合古儒。

刘定，字子先，鄱阳（今江西鄱阳）人。仁宗皇祐五年（1053）进士。神宗熙宁七年（1074），充秦凤路转运判官。十年，通判衢州。元丰二年（1079），权发遣河北西路提点刑狱，改河北东路。哲宗元祐三年（1088），知临江军。改陈州、青州。元符二年（1099）知庐州。此诗自注提点淮浙等路左朝散大夫。

题清芬阁（又题过元英先生旧隐）

陆长倩

先生有古风，杳出尘外格。犹如陵空鸿，矫矫奋六翮。

锵金中律吕，咏性甘糠覈。苦调非孟酸，□适鄙韩窄。

逸韵肩曹刘，雄词卑甫白。空遗茂陵稿，未前宣室席。

瑰宝岂终埋，简编缀陈迹。予生诵风雅，嗜好真成癖。

盥手读终篇，喜同藏拱璧。裔孙文昌郎，授受良珍惜。

小巫畏大匠，累句屡承索。续貂愧非尾，成裘由聚腋。

皇华间白雪，杂唱纷缴绎。意欲扬祖美，不问玉与石。

长言拙称赞，徒慕郢中客。

（按：此诗作者一作长倩）

陆长倩，字才仲，侯官（今福建福州）人。宋嘉祐二年（1057）进士。元祐三年（1088）以朝请郎知台州，四年替。

方干故居

杨 杰

千载富春渚，先生家独存。
元英播寰宇，丹桂付儿孙。
文正重高节，子陵同享尊。
泊舟明月夜，重为吊吟魂。

杨杰，字次公，自号无为子，无为军（州治在今安徽无为）人。宋嘉祐四年（1059）进士。历太常博士、礼部员外郎，知润州，除两浙提点刑狱。

过元英先生旧隐

程 节

屈指先生世，今余二百年。
声名如近日，骚雅在遗编。
旧隐钓台右，远孙乌府贤。
诗人唐最盛，谁集尚家传。

程节，字信叔，江西浮梁（今鄱阳）人，宋嘉祐（1056—1063）进士，历官朝议大夫、直龙图阁及宝文阁待制等。元符元年（1098）知桂州，后任广南西路转运副使、经略安抚使。在桂十余年，学识广博，晓事理，广交游，与书画家米芾情谊颇深。明政务，练甲兵，销患未萌。开园圃，建亭阁，与民同乐。著有《竹溪集》。

过元英先生旧隐

齐谠

命与时违古所同，先生非特为诗穷。

卷怀经济江湖上，空得名声覆载中。

传世残篇惊锦绣，洁身高韵藐王公。

白云旧让容□驷，御史今能大祖风。

齐谠，字子期，历阳（今安徽和县）人。仁宗嘉祐六年（1061）进士。神宗元丰二年（1079）权提举广西常平，六年权江南东路转运判官。

过元英先生旧隐

郭祥正

子陵独往已千年，处士重来把一竿。

治乱不同非我计，文章聊许后人看。

璞中美玉谁雕琢，潭底神龙会屈蟠。

九世有孙方遇主，风流常在泻惊湍。

郭祥正（1035—1113），北宋诗人。字功父，一作功甫，自号谢公山人、醉引居士、净空居士、漳南浪士等。当涂（今属安徽）人。皇祐五年进士，历官秘书阁校理、太子中舍、汀州通判、朝请大夫等，虽仕于朝，不营一金，所到之处，多有政声。一生写诗1400余首，著有《青山集》30卷。他的诗风纵横奔放，酷似李白。

过元英先生旧隐

钱 乙

备员何幸再依仁，仰慕亨衢速若神。

万里云龙遭圣世，三千苦块报慈亲。

芦茨山水风骚国，獬豸衣冠法令臣。

谁谓趋朝虚几席，长兄歌酒更延宾。

钱乙，此诗自注桐庐令会稽钱乙，余不详。《桐庐县志·官师表》"县官"栏有"钱一，元丰中任"，疑为同一人。元丰为神宗（1078—1085）年号。

过元英先生旧隐三首

孔平仲

一

潜夫自有孤云侣，蟾蜍影里清吟苦。

澄心不出风骚外，援笔便成鹦鹉赋。

醉醒多在钓鱼矶，越国云溪秀发时。

只为篇章用教化，声声可作后人师。

二

援笔皆成出世文，坐看孤峭却劳神。

直须分付丹青手，缅想应无前后人。

远壑度年如晦暝，澄潭到底不容尘。

公卿若便遗名姓，甘棹渔舟放钓纶。

三

干戈唐季风尘中，一代文章扫地空。

先生诗名最晚出，句法未减元和工。

玉壶藏冰不受垢，卜隐宛蹈严陵踪。

至今名字照人目，直与山水为无穷。

我舟南纪坐烦促，接岁风波仍转蓬。

缅怀先生酌溪水，梅花如霰落晚风。

清芬筑室有家法，亦见耳孙白云翁。

叔今策名待三接，仲也昔跨御史骢。

乃翁归来三十载，笑语但觉朱颜红。

东飞伯劳西飞燕，南飞乌鹊北飞鸿。

人生游宦正如此，我欲买田归向东。

孔平仲，字义甫，一作毅父，临江新喻（今江西新余）人。英宗治平二年（1065）进士。神宗熙宁中为密州教授。元丰二年（1079）为都水监勾当公事。哲宗元祐元年（1086）召试学士院。二年擢秘书丞、集贤校理。三年为江南东路转运判官。后迁提点江浙铸钱、京西南路刑狱。著有《续世说》《孔氏谈苑》《珩璜新论》《释稗》等。诗文集已散佚。

清芬阁

张景修

严子钓台畔，犹闻吟啸声。

荣华付诸弟，萧洒继先生。

自制茶枪嫩，新开酒面清。

红尘不抛摆，那得白云名。

张景修，字敏叔，常州（今属江苏）人。宋治平四年（1067）进士。知饶州浮梁县，后为宪漕、五典郡符，官终祠部郎中。

过元英先生旧隐

令狐俅

元英去世二百年，其迹虽久骚雅传。

田庐不废子孙贤，庆门簪组方蝉联。

我来源中访高隐，主人邀客云山前。

朱门绿阁照溪水，长松茂竹留寒烟。

滩声萧萧到几席，魂清骨冷忘睡眠。

伊予出处不自判，尘缨俗纲常萦缠。

儿孙渐多食口众，高翔远引嗟无缘。

他年家事苟有付，杖藜来此同悠然。

令狐俅（1041—1110），字端夫，山阳（今江苏淮安）人。以父荫试将作监主簿。历郓州司户参军、濮州雷泽县尉、洺州曲周县令、监汝州洛南稻田务。神宗元丰四年（1081）从军灵武。后为处州松阳县令、环州录事参军。迁武胜军节度推官，未行，以疾致仕。徽宗大观四年卒于汝州，年七十。

方干宅

管师常

喜逢云坞僻，更与钓台邻。
涧水下清濑，诗名追古人。
渔樵何限乐，禽鸟不妨驯。
馀庆流孙子，承承袭缙绅。

管师常，龙泉（今属浙江）人。宋神宗朝授太学正，历监江宁府上元
县事。

题方氏清芬阁

江公望

一室翛然斫翳荒，啸歌曾是傲羲皇。
春风自逐桐花老，暖日时闻药草香。
修竹几年埋旧隐，新诗到处发潜光。
从今应与严家濑，相对清芬一水长。

江公望，字民表，建德（今属浙江）人。宋熙宁六年（1073）进士，建中靖国元年（1101）拜左司谏。因上疏弹劾奸相蔡京，被贬安南军正。后遇赦返里，不久，卒于家。著有《江司谏奏稿》和《江司谏文集》。

过元英先生旧隐

徐　常

节义孤高鄙势荣，拂衣东去钓舟轻。

鉴湖波阔尘埃远，越岭云高门巷清。

谏诤一朝辜荐墨，风骚千古主诗盟。

至今蔼蔼桐江上，神物长依不朽名。

徐常，宋建州建安人，字彦和。神宗元丰间进士。从苏轼兄弟游。历知州县，所至有声。哲宗绍圣间（1094—1097）除广西提举常平，移福州转运判官，继知吉州，奸猾吏民皆畏惧之。官至朝议大夫。

过元英先生旧隐

胡宗回

处士栖迟七里滩，门前滩水自潺潺。

严公台下清风久，贺老湖中白日闲。

钱室品评真可愧，杜坛光焰信能攀。

唐朝冠盖知多少，谁有文孙盛世间。

胡宗回，字醇夫，胡宿从子。以荫登进士第，累迁吏部郎中。绍圣初（1094），以直龙图阁知桂州。坐捕平民致死，降集贤殿修撰、知随州，改庆州。后授枢密直学士，徙永兴、郑州、成德军，复坐事去。大观中，卒。赠银青光禄大夫。

题清芬阁

刘　琯

自从笔削三千首，复见风骚二百年。
佳句独为时辈许，幽光长伴客星悬。
耳孙文采方高蹈，鼻祖声名更盛传。
曾到先生栖隐处，桐君山下好林泉。

刘琯，河中（今山西永济西南）人。宋神宗、哲宗时累官陕西常平等事、河北缘边安抚副使等，知恩州。

题清芬阁（又题过元英先生旧隐）

马 偕

当年英烈照穹苍，清节高名锦绣肠。
千卷共传诗灿烂，万钟能酾德馨香。
清芬自是流余庆，佳气终当及后昌。
逸韵云孙风味好，鹏抟九万看翱翔。

马偕，称巨野马偕，生卒年及生平不详。

过元英先生旧隐

马 存

子陵台下山层层，奇峰壮气横云生。

处士溪边水泚泚，碧波月明涵天清。

老松偃蹇傲世色，绿竹潇洒吟风声。

湖头百仞出海门，飘吴击越如毛轻。

飞来滩下不敢过，变作平浪归沧溟。

　　马存（？—1096），字子才，乐平（今属江西）人。北宋官员、文学家。早年游太学，复从徐积学，寓楚州，卒业于其门，为文雄直。元祐三年，应进士试，考官苏轼甚为赏识，以第四人中第，京师竞传其文。授镇南节度推官。再调越州观察推官。绍圣三年，卒于官。马存诗亦多豪语，尝作《浩斋歌》，有《马子才集》八卷，今已佚。

题清芬阁（又题过元英先生旧隐集元英先生句）

朱 京

我爱君家似洞庭，却疑身在小蓬瀛。

白波潭上鱼龙舞，红叶村中鸡犬声。

大雅篇章无弟子，高门事业有公卿。

后来若要知优劣，千古何人继盛名。

朱京（？—1101），字世昌，南丰（今属江西）人。宋熙宁六年（1073）进士。

留题钓台

刘　泾

水绿山青人可知，不知生气得之谁。

钓竿已属严公手，直到玄英解道诗。

刘泾，字巨济，号前溪，简州安阳（今四川简阳西北）人。宋熙宁六年（1073）进士，历知咸阳县、常州教授、通判莫州、成都府、处州、虢州、真州、坊州，除职方郎中。

方玄英先生

张商英

世乱才难偶，诗工气益清。

自非称国手，未易得时名。

剑为埋方古，金因炼更精。

老孙虽显仕，素有旧家声。

张商英（1043—1121），字天觉，新津（今属四川）人。宋徽宗初为吏部、刑部侍郎，后官至尚书右仆射。

题清芬阁

杨　时

雄飞古君子，隐德不隐身。
高行耸流俗，诗名逸古人。
堂深云锁槛，木古岁藏春。
凛凛严光列，英华日转新。

　　杨时（1044—1130），字中立，学者称龟山先生，南剑州将乐（今属福建）人。宋熙宁九年（1076）进士，历知浏阳、余杭、萧山县，宣和中召为秘书郎，后除右谏议大夫兼侍讲、国子祭酒，高宗时除工部侍郎兼侍读，以龙图阁直学士致仕。有《龟山集》传世。

过元英先生旧隐

苏　枳

桐江见底清，庄方居所营。
千年一钓濑，异世两先生。
典籍传家远，云来曳祖荣。
乡闾矩念祖，遗子耻金籯。

苏枳，同安（今属福建）人。英宗治平三年（1066）获荐，神宗熙宁三年（1070）始试入等。以虞部员外郎为秘阁校理，同知太常礼院；七年，知泰州。

过元英先生旧隐

施天倪

处士当年避世喧，买山高卧钓台边。

五车书富于今在，千首诗清自昔传。

时事已成尘迹久，家声还有裔孙贤。

嗟余未遂林泉乐，梦想溪风快暑天。

施天倪，熙宁六年（1073）癸丑科佥中榜进士。

题方氏清芬阁

朱 彦

干戈唐季风尘中，一代文章扫地空。
先生诗名最晚出，句法未减元和工。
玉壶藏冰不受垢，卜隐宛蹈严陵踪。
至今名字照人目，直与山水为无穷。
我舟南泊坐烦促，接岁风波仍转蓬。
缅怀先生酌溪水，梅花如霰落晚风。
清芬筑室家有法，亦见裔孙白云翁。
叔今策得待三接，仲也昔跨御史骢。
乃翁归来三十载，语笑但觉朱颜红。
翁不见东飞伯劳西飞燕，南飞乌鹊北飞鸿。
人生游宦正如此，我欲买田归江东。

朱彦，字世英，南丰（今属江西）人，宋熙宁九年（1076）进士。官舒州司法参军、江西转运使、刑部侍郎，历知杭州、颍昌。

题清芬阁

臧　询

旧隐固潇洒，先生偏苦吟。

俗情随水落，雅趣与山深。

白日自朝暮，清风无古今。

远孙簪组盛，终有爱闲心。

　　臧询（1051—1110），字公献，湖州安吉（今属浙江）人，宋元丰二年（1079）进士，知桐庐县、下邳县，除太仆寺丞、鸿胪丞、管勾元丰库，迁诸王府记室参军。

题清芬阁

茹东济

舣棹叩朱门，雄飞处士村。

诗名千古重，庙貌一方尊。

绿水长溪阔，青山远岫昏。

辞花谁善继，御史是曾孙。

茹东济，合肥（今属安徽）人，宋元祐中监京东排运司。

过元英先生旧隐

鲁君贶

先生遁世有高才，越国风烟入手来。

直以五言关治乱，何须一命寄尘埃。

放怀想觉乾坤小，咏物能驱造化回。

贤矣远孙今善继，出人头角变云雷。

鲁君贶，以主导河东流之议无功，哲宗元符二年（1099），罢司农少卿，知均州；三年，以都水使者专切应副茶场水磨。

过元英先生旧隐　朝散郎开封府推官

王　愈

籍甚诗名世所传，耳孙今始出遗编。
发扬风教三纲正，包括乾坤一气全。
峻拔孤峰当晓嶂，春容幽涧落春泉。
超然远思追前古，好续委蛇二雅篇。

　　王愈，宋歙州婺源人，字原道，晚号北山老人。哲宗绍圣元年（1094）
进士。为建昌令。后守信州，适方腊起事，与战有功，进官职二等。官至
朝请大夫、秘阁修撰。有《二堂先生文集》。此诗自注朝散郎开封府推官
王愈。

题清芬阁

王直方

人以诗自业，在唐如蜂房。

香英众采撷，论功归其王。

恭维少陵老，实提六义纲。

人能分一体，犹足生辉光。

元英萧散人，亦以诗道昌。

馀隽独不吮，嘉肴常自将。

沧江下千寻，便足知流长。

元英不可见，看取尚书郎。

《唐元英先生诗集》作者书为假承奉郎王直。

王直方（1069—1109），字立之，号归叟，密县（今属河南）人。宋元祐间以假承奉郎监怀州酒税，寻易冀州籴官，仅累月，投劾归侍不复出，居汴京凡十五年。

题清芬阁三首（又题过元英先生旧隐）

江端友

一

淯名江上月，幽思岭边云。没世无知己，陪祠未当勤。

丧衾论邪正，诗律较铢分。端似太丘长，公卿见纪群。

二

清名江上月，幽思岭边云。没世无知己，陪祠未当勤。

丧衾论邪正，诗律较铢分。今日双台下，高风振水濆。

三

来往清江一钓船，栖迟别业鉴湖边。

千年卓行遗风远，五字诗家美句传。

积厚理宜垂庆远，代兴今见裔孙贤。

同时列鼎鸣钟贵，蔓草荒墟已寂然。

江端友（？—1134），字子我，开封（今属河南）人。宋靖康元年（1126）赐同进士出身。建炎元年（1127）官两浙福建路抚谕使。绍兴二年（1132）主管江州崇道观。

题方氏清芬阁

程 沂

指桐仙去不知名，何以诗坛策茂勋。

众许英才还大雅，独传元要起斯文。

船分贺老千山月，家在严陵十亩云。

唐汉隐忧推甲乙，芝兰玉树孰如君。

程沂，字咏之，宋洛阳人。程颐从子。高宗绍兴间知昆山，为政中和，有古循吏风。此诗自注右文林郎常平干官程沂。

题方氏清芬阁用范文正公韵

曾　几

胜绝登临地，桐江占十分。
省郎才不世，御史气如云。
遂使芝兰秀，俱能锦绣文。
诸孙又如许，百代有清芬。

过元英先生旧隐

曾　几

处士遗踪何许村，桐江石上钓时痕。

云生旧隐图形在，雪满前山句法存。

正与子陵同臭味，独无文叔贲邱园。

要知元豹终藏雾，留得斑斑到耳孙。

　　曾几（1084—1166），字吉甫，号茶山居士，河南（今河南洛阳）人，先世居赣州。初入太学有声，授将仕郎，赐上舍出身。累除校书郎。高宗初历江西、浙西提刑。因兄力斥和议触怒秦桧，同被罢官。居上饶茶山寺七年。桧死，复官，累擢权礼部侍郎。绍兴末，金兵南下，上疏反对乞和。以通奉大夫致仕。卒谥文清。有《经说》《茶山集》。

允迪招行简卜居鸬鹚谷仆意羡之 作诗送行兼以自见二首 (其一)

沈与求

严陵滩下鸬鹚谷，闻道元英旧隐庐。

鼻祖名高诗格在，耳孙才杰宦情疏。

漫山松桂雁行立，入坞茅茨星散居。

知为刘郎赋招隐，莫教花落到通渠。

沈与求（1086—1137），字必先，号龟溪，湖州德清（今属江西）人。宋徽宗政和五年（1115）进士。历明州通判，为监察御史、殿中侍御史、御史中丞，移吏部尚书兼权翰林学士兼侍读，出为荆湖南路安抚使、知潭州。高宗绍兴四年，知镇江府兼两浙西路安抚使，寻任参知政事。与张浚不和，出知明州。七年，迁知枢密院事。卒谥忠敏。有《龟溪集》。

题方干旧隐

陈 最

百里青山数曲溪，茂林修竹此高栖。
相寻似访壶中景，他日重来路不迷。

陈最，字季常，长溪（今福建霞浦）人。宋宣和三年（1121）进士。历官新昌丞、左修职郎、左承事郎，终朝奉郎，知兴国军。

题清芬阁

朱 翌

山腰系烟帛，石齿漱滩雪。

千岁可坐致，清风在岩穴。

五季浪拍天，不覆渔翁船。

入山种美材，百世收栋橼。

松厅正一台，莲幕壮两河。

少蓬薰班香，建州办韩多。

今代南海君，事事似诸父。

何年继昔游，秋山祠乃祖。

朱翌（1097—1167），字新仲，自号灊山道人，舒州怀宁（今安徽潜山）人，宋政和八年（1118）赐同上舍出身。历溧水县主簿、秘书省正字、秘书少监、起居舍人、中书舍人，知宣州、平江府。有《灊山集》。

题清芬阁

吴　说

乃祖飞英标万古，后来奕叶盛三吴。

传家孙达吾何慊，配食子陵德不孤。

秀句至今辉简表，故山从昔锁松梧。

他年我欲修清供，一盏寒泉一束刍。

　　吴说，字傅明，号练塘，钱塘（今浙江杭州）人。宋建炎三年（1129）为两浙路提举，四年改福建路转运判官。绍兴后，历知台州、信州、安丰军、盱眙军。

过元英先生旧隐　浙东安抚使

吕　棋

先生咸通末，属时戎马乱。道义轻王侯，豪气跨汗漫。

龙门却蹭蹬，逸足难羁绊。结庐严陵濑，高风邈无闲。

庖厨五侯鲭，未觉秦士贱。长啸近苏门，行吟真泽畔。

胸次不得平，兴发南山矸。诗句落人间，大帙光灿烂。

山木蟠根株，溪流接江汉。豫章与梗楠，往往排直干。

我生几两屐，胜概穷壮观。扁舟数上下，悠然泊溪岸。

际会河南公，蜚声明光殿。声名一代尊，夫何顾衰偶。

杖策蹑遐踪，遗编得吟玩。贻厥信有基，临风增浩叹。

据《嵊县志》载，吕棋，字规叔。初与侄祖谦同游杨时门，渐染陶铸气，迥别。自寿春迁城之鹿门，朱晦翁题其居。

题清芬阁

郭世模

睹世轩裳一露萤，平生苦节抱遗经。

卧云句好传弟子，钓濑名高齐客星。

尚想臞儒在山泽，空留遗庙落丹青。

发挥家传标潜德，奕奕元孙有典刑。

郭世模（？—1160），字从范，宋绍兴二十九年（1159）与张孝祥同时被劾。

题清芬阁

沈长卿

元英以隐名，名德以仕显。人言不同调，是说一何浅。

丈夫生世间，出处各有意。仕以行其道，隐以求其志。

一以隐为高，伊吕当不起。一以仕为乐，夷齐不饿死。

我观二子心，舒卷如春云。邂逅作霖雨，本是版筑君。

乃祖想子陵，桐江饱风月。乃孙拥麾幢，遗爱浃闽粤。

相望二百年，家学留青编。冥鸿与栖凤，进退两俱贤。

秋冬享烝尝，瞻像不泚颡。独抱元成经，肯作世南匠。

种田刈禾黍，种圃收兰芝。请诵裳华篇，有之以似之。

沈长卿（？—1160），字文伯，号审斋居士，归安（今浙江湖州）人。宋建炎二年（1128）进士。历临安府观察推官、婺州教授，通判常州，改严州。

过元英先生旧隐

陶 定

元英高节配严陵，遗像如生凛凛存。

佳句谩多传好事，清芬高在有云孙。

群山似画色侵座，一水如蓝光映门。

绝巘危栏登眺处，二贤高躅未应论。

陶定，字安世，吴兴人。嘉靖、康熙《衢州府志》载"绍兴二十四年（1154）知龙游令"，乾道二年（1166）以奉议郎身份任广南东路市舶提举。擅诗，精于书法，尚收藏。杭州风水洞留有其书法摩崖。

题清芬阁

洪 适

先生此地旧眠云，乔木森然数百春。

海内多传诗弟子，壁间曾记药君臣。

仙庐隐濑迹皆古，柏寺蓬山代有人。

今日耳孙尤烜赫，庆源须信渺无垠。

洪适（1117—1184），字景伯，号盘洲，鄱阳（今江西波阳）人。以荫补修职郎。宋绍兴十二年（1142）中博学宏词科。历台州通判、徽州知州、司农少卿、翰林学士兼中书舍人、参知政事，官至同中书门平章事，兼枢密使。有《盘洲文集》等。

和虞守钓台四首（其一）

姜特立

七里滩头岁月增，汉家川谷几丘陵。
祠堂只许玄英配，此后寥寥见未曾。

姜特立（1125—?），字邦杰，号南山老人，丽水（今属浙江）人。以
父荫累官承信郎、福建路兵马副都监、阁门舍人、阁门知事、浙东马步军
都总管。

登北榭

陆　游

绕城山作翠涛倾，底事文书日有程。

无滔我为挥吏散，独登楼去看云生。

香浮鼻观煎茶熟，喜动眉间炼句成。

莫笑衰翁淡生活，它年犹得配玄英。

陆游（1125—1209），字务观，越州山阴（今浙江绍兴）人。以荫补登仕郎，宋孝宗即位，迁枢密院编修，赐进士出身。通判建康府、隆兴府、夔州府。乾道八年（1172），为四川宣抚使干办公事。其后曾通判蜀州，知嘉州、荣州，迁成都路安抚司参议。淳熙五年（1178），提举福建路常平茶盐，翌年改提举江南西路，十三年（1186）起知严州，后诏除军器少监。嘉泰二年（1202），诏国史修撰兼秘书监，三年（1203），致仕。有《渭南文集》《剑南诗稿》。

钓 台

杨万里

钓石三千丈，将何作钓丝。

肯离山水窟，去作帝王师。

小范真同味，玄英也并祠。

老夫归已晚，莫遣客星知。

杨万里（1127—1206），字廷秀，号诚斋，吉州吉水（今属江西）人。宋绍兴二十四年（1154）进士，历官赣州司户参军、零陵丞、奉新知县、国子博士、太常博士、漳州知府、常州知府、秘书少监、筠州知府、江东转运副使等。有《诚斋集》《易传》等。

方仙翁祠

方有开

真仙祠馆锁层岚，下瞰平畴十里宽。
谱牒尚标唐篆额，风仪仍是汉衣冠。
紫芝白兔灵如昨，石碣丹湖事不刊。
千古云孙牛马走，敬瞻遗像仰高寒。

钓 台

方有开

先生玉立伴玄英，心与冰壶两斗明。

已把羊裘甘阒寂，肯随龙衮曜光荣。

名扶汉鼎千钧重，风激严滩七里清。

试向渔矶问踪迹，白云深处绿蓑轻。

方有开（1128—1190），字躬明，号溪堂，新安歙县（今属安徽）人，或谓淳安（今属浙江）人。宋隆兴元年（1163）进士，历官建昌军南丰尉、淮南西路转运判官、宣教郎。

题玄英先生庙（又题方氏清芬阁）

张孝祥

树老参天直，江清白日闲。

先生元不死，遗庙亦空山。

文采云仍似，风流正始间。

平生子严子，高处得追攀。

张孝祥（1132—1169），字安国，号于湖居士，简州（今属四川）人，卜居历阳乌江（今安徽和县）。宋绍兴二十四年（1154）进士第一。曾因触犯秦桧，下狱。孝宗时，任中书舍人，直学士院。隆兴元年（1163），为建康（今南京市）留守，因支持张浚北伐而被免职。后任荆南湖北路安抚使，治水有政绩。进显谟阁直学士致仕。有《于湖集》《于湖词》。

题清芬阁二首

吴升之

一

先生曾此濯尘缨，七里寒滩分外清。

少日决科虽失意，全家肥遁岂无成。

蛟龙窟宅身如寄，泉石膏肓诗有声。

虽与子陵同一律，不将丝线钓虚名。

二

辟书既上不沾恩，拂袖归来闭里门。

聊取江山助篇什，尽将轩冕付儿孙。

纷纷利害真能择，扰扰光泽岂易论。

傥使乘时拜遗补，未应千古配严尊。

吴升之，字仲明，休宁（今属安徽）人。宋乾道进士，官淮东副总官。

拜严方范祠

赵 蕃

东都重风节，先生实启之。

有士盖如此，不拯家国危。

乃知大厦倾，未易一木支。

我读党锢传，涕流每交颐。

往来桐江船，必拜严子祠。

俯诵宛陵句，仰观文正碑。

禹稷与颜回，千载同其师。

数公固天人，可望不可追。

但愿如玄英，隐居名能诗。

赵蕃（1143—1229），字昌父，号章泉，原籍郑州，南渡后迁居玉山（今属江西）。以荫补州文学，为太和主簿，调辰州司理参军。后奉祠居家三十余年，以直秘阁致仕。卒谥文节。

过钓濑望方干故居

韩　淲

今年第一诗，白云咏玄英。

应知避人尔，老去何心情。

烝哉文皇家，身世徒自惊。

结庐钓台下，偶然留姓名。

苍苍云山高，雪后江水清。

崇朝起春寒，遥林舞风声。

扁舟转晴午，馀思柔橹轻。

闲僧奉香火，客来亦逢迎。

笑指严与方，可以观我生。

彼此各有时，三吴是神明。

　　韩淲（1159—1224），字仲止，号涧泉，上饶（今属江西）人，元吉子。以荫为平江府属官，后为朝官。曾家居二十载。有《涧泉集》。

严州潇洒亭

赵师秀

高树出禅关，人家向下看。

千峰春隔雾，数里夜闻滩。

偶至因成宿，前游亦值寒。

州人多有咏，何不见方干。

赵师秀（1170—1219），字紫芝，号灵秀，又号天乐，永嘉（今浙江温州）人。宋绍熙元年（1190）进士。历上元簿、江西安抚司幕、筠州推官。为"永嘉四灵"之一，有《赵师秀集》《清苑斋集》。

严陵道上杂咏七首 (其三)

洪咨夔

玄英范老闻风起，俱为羊裘一钓丝。
堂扁三贤非本意，何如只号子陵祠。

洪咨夔（1176—1236），字舜俞，号平斋，於潜（今属浙江）人。宋嘉泰二年（1202）进士，授如皋簿，调饶州教授，通判成都府，知龙州。理宗时为秘书郎、礼部员外朗、监察御史、殿中侍御史，给事中。官至刑部尚书，翰林学士、知制诰。有《平斋文集》。

送人之官严陵

周文璞

如君风貌又精神，自合拖绅近紫宸。
平地有心开洞穴，十年无俸着闲身。
已看青舫垂垂去，须忆绯桃滟滟春。
若向玄英台下过，为言亦是学诗人。

周文璞，字晋仙，号方泉，又号野斋、山楹，原籍阳谷（今属山东）。宋庆元间为溧阳丞。与姜夔、葛天民、韩淲等多唱和。有《方泉诗集》传世。

送方汝楫客授严陵

刘克庄

昔年尚友先君子，晚见贤郎自策名。

芹泮佩衿尊郑老，桐江谱牒派玄英。

誉髦孰不观朝彩，耄齿吾难主夏盟。

若见监州烦问讯，必分风月照寒檠。

刘克庄（1187—1269），初名灼，字潜夫，号后村，莆田（今属福建）人。宋嘉定二年（1209）以荫补将仕郎，历知建阳，除枢密院编修。淳祐六年（1246）赐同进士出身，除秘书少监，兼国史院编修。后知漳州，权工部尚书。复知建宁府，除龙图阁学士。有《后村先生大全集》二百卷。

题严陵潇洒亭

徐元杰

天遣溪山付客星，翠屏中界玉澄泓。

无边潇洒寸心远，有分登临双眼明。

净洗胸中参范老，细于诗里勘元英。

千年相望神相入，一脉清风要主盟。

徐元杰（？—1245），字仁伯，号梅野，信州上饶（今属江西）人。宋绍定五年（1232）进士。历秘书省正字、著作佐郎、知南剑州、中书舍人、工部尚书等。

元英先生家鸬鹚步当文正时其裔孙楷登进士赠之诗云唐家三百年冠盖谁有诗书到远孙予家自严徙徽而谱系远矣因览石刻次韵左方

方　岳

唐人犹有故家存，山里鸬鹚步下村。

宗派傥容诗嗣续，横枝吾亦是儿孙。

方岳（1199—1262），字巨山，号秋崖，新安祁门（今属安徽）人。宋绍定五年（1232）进士，曾为文学掌教，后知袁州，官至吏部侍郎。因忤权要史嵩之、丁大全、贾似道诸人，终生仕途失意。有《秋崖集》《秋崖词》。

题清芬阁

令狐勤

远叩玄英旧隐扉，清风今日尚依依。

云山自许老龙卧，霄汉不妨双凤飞。

欲访骚人考槃地，但寻汉叟钓鱼矶。

年来踏尽红尘路，赖有溪流濯客衣。

令狐勤，宋人，其余未详。

题清芬阁二首

李　洸

一

诗亡向千载，礼义谁维持。唐人得名者，沈宋称绮词。

卓哉先生才，邈视数子卑。抗怀信高洁，出事皆清奇。

不矜险绝句，意远窥无涯。春归鉴湖绿，水落严子矶。

往来寄渔钓，遁世心独知。松月绕云山，尽入骚人思。

白雪雅调高，俗耳听不宜。群儿谩嘲毁，百岁名愈驰。

裔孙有清风，宛若先生诗。搔头试一吟，古意犹能追。

二

备员何奉再依仁，仰慕亨衢速若神。

万里云龙遭圣世，三年苦块报慈亲。

卢茨山水风骚国，獬豸衣冠法令臣。

谁谓趋朝虚几席，长兄歌酒更延宾。

李洸，宋人，其余未详。

题清芬阁二首

陶　迁

一

卢茨源上风烟好，结架遥怜云水湄。

曾是先生亲卜筑，不妨相国细吟诗。

山开两峡云来暝，滩急一江帆到迟。

作意云孙真好事，清芬高继昔人□。

二

平生无梦到班行，留得清名与世长。

此老风流胜此谢，诸郎佳句似池塘。

挂云出屋须临赋，卓笔名题信似狂。

小泊便思安石渚，他年容我听鸣羌。

陶迁，卞山（今浙江湖州西北）人，宋时在世。

题方干旧隐

陈　宗

处士诗名播季唐，不沾微禄老江乡。
远孙今陟郎官位，始信为儒气味长。

　　宋宝祐四年（1256）六月，因不满大全专横弄权，时为太学生的陈宗和刘黻、黄镛、曾唯、陈宜中、林则祖等六人率领太学、武学和宗学的学生们，跪在宫门前联名上书，劾奏大全奸邪误国、不堪重用。曾任两浙转运使、太常少卿。余不详。

送周府尹三首其三

方　回

诗家周贺与方干，三载同吟七里滩。
晚节我惟甘豹隐，妙年公合快鹏抟。
昔叨旧尹迎新尹，今愧前官送后官。
朔野炎陬天地阔，寄书会面两应难。

送方岩夫

方　回

紫阳山下一灯寒，曾守桐庐七里滩。
空手去官无一物，诗名聊得继方干。

同杨明府华父夜宿鸬鹚源并序

方　回

　　桐庐前令杨君德藻访予秀山，同泛小舟下钓台。夜抵鸬鹚源，亦曰白云村，即吾家玄英诗翁之故居也。其宅乃玄英远孙提干君秘之家，登开禧乙丑毛榜。今仅馀一老，年八十四，卧病不出；一僧，年八十，曰包妙融，钓台寺之旧长老，避地寓焉。小酌留宿，赋古诗二十韵。

　　桐庐杨明府，高谊有缓急。凌江每见访，烂醉必旬日。
　　知我欲东游，相拉过其宅。城南登小舟，仅阔六七尺。
　　岸人观不退，莫知孰主客。西风篙工喜，布被当帆席。
　　青蔬煮豆乳，滩转灶釜仄。更觉气象古，酌酒瓷盏碧。
　　千山霜叶红，绵绮天组织。郊坰有此奇，阛阓苦未识。
　　明府眼力高，心赏寄绝壁。指似挂箆岩，茅屋拟便葺。
　　老夫今十年，往来钓台侧。汗颜不敢登，人品霄壤隔。
　　夜宿鸬鹚源，荦确陟危石。吾家三拜公，晚唐老诗伯。

衣冠世不坠，奕叶绍桂籍。避地馆者谁？一僧年八十。

呜呼穷谷中，亦复有马迹。纪事聊此吟，续烛借纸笔。

方回（1227—1306？），字万里，别号虚谷，歙县（今属安徽）人。宋景定三年（1262）登第，初以《梅花百咏》向权臣贾似道献媚，后见似道势败，又上似道十可斩之疏，得任严州知府。及元兵至，又望风迎降，得任建德路总管。不久罢官，即徜徉于杭州、歙县一带，直至老死。有《桐江集》《桐江续集》《瀛奎律髓》传世。

方玄英故居距桐庐三十里在钓台之东地名白云源

林景熙

舣舟鸬鹚港，白云满高原。借问玄英居，遗构无复存。

精灵几百载，山鬼凭幽昏。独遗文字香，隐隐草树根。

转盼东山麓，彷佛见柴门。啼猿助凄恻，亦复销我魂。

渔父捉归桡，牛羊下前村。长揖者谁子，未识情已温。

云十有六叶，咸通之耳孙。缅思幽人后，风雅天所敦。

相携就茅屋，一笑酌瓦尊。

林景熙（1242—1310），字德阳，号霁山，温州平阳（今属浙江）人。宋咸淳七年（1271）太学上舍释褐，授泉州教官。历礼部架阁，转从政郎，宋亡不仕。有《霁山先生文集》。

拜玄英先生画像

谢 翱

来此得公真，尘埃避隐沦。

水生溪榜夕，苔卧野衣春。

雨冢侵吴甸，荒祠侑汉人。

微吟值衰世，为尔独伤神。

鸱鹈步寻方玄英故居

谢　翱

遗像双台下，结庐烟水傍。

子孙今几世，风雨半他乡。

山静云眠影，叶干虫食香。

高名故相压，吟苦不成章。

谢翱（1249—1295），字皋羽，自号晞发子，长溪（今福建霞浦）人。宋咸淳间举进士，不第。德祐二年（1276），文天祥开府延平，署谘事参军。文天祥兵败，避地浙东，往来于永嘉、括苍、鄞、越、婺、睦州等地，与遗民故老方凤、吴思齐、邓牧等多有交往，名其会友之所曰"汐社"，义取"晚而有信"。有《晞发集》等。

题耕阜图 （一说题阜耕图）

郑　沂

玄英处士旧名儒，独羡云孙嗣读书。
数亩山田和德种，一犁春雨带经锄。
传家喜见箕裘盛，力穑宁忧仓廪虚。
试问客星台上月，年来高节竟如何。

郑沂，字叔鲁，浦江（今属浙江）人。明洪武间以才征，自白衣擢礼部尚书，年余致仕。永乐初入朝，留为故官，未几复谢去。

方处士玄英祠留题二首

张 萱

一

芙蓉七里郁苍苍，百尺双台一瓣香。
怪底先生诗句好，数椽原傍汉严光。

二

桐江东去是通津，共把奚囊贮陌尘。
却叹长安车满载，总输千古属闲人。

张萱（1459—1527），明松江府上海人，字德晖，号颐拙。弘治十五年（1502）进士。官至湖广布政司参议，主粮储。立法禁处侵尅等积弊，忤巡抚意，遂引疾致仕。

山居图为严陵方氏赋正德己巳

张　羽

空谷远朝市，幽人心所婴。偃蹇乌角巾，终谢冠绂萦。
出门四山晓，一水相与明。吾意聊适耳，匪希高尚名。
村醪荐园果，山花逞奇英。良朋远相求，春禽鸣嘤嘤。
呼筵剧倾倒，一饮轻十觥。酣来卧崖石，松风为解醒。
一醉遗万虑，百亩称闾氓。竹林岂狂者，桃源非世情。
白日复欲暮，闭门闻濑声。扁舟者谁子，风波劳尔生。

张羽，字凤举，泰兴（今属江苏）人。明弘治九年（1496）进士。由淳安知县擢御史，弹劾中贵，疏论时事甚剀切。守保定，以母病归。嘉靖初复起四川参政，升河南布政使。有《东田遗稿》。

咏钓台兼吊方干二首

吴世良

一

寻幽竟老富春山，簸弄烟波七里滩。
误著羊裘来物色，那随龙衮掷鱼竿。
阴扶九鼎高风远，长映中霄客宿寒。
岩石松亭双郁峙，清风千载配方干。

二

白水故人靳手书，青山重见贾安车。
只传帝座客星犯，终使天象物色虚。
两岸雨花春拂遍，层台云鹤兴常舒。
经过多少浮名客，谁学方干并结庐。

吴世良，字叔举，遂安（今属浙江淳安）人。明嘉靖十七年（1538）
进士。知长洲县，改国子监博士，著述一时传诵。历广德州判官，广信府
通判。

钓台谒严祠作

胡应麟

高台倚空双突兀，钓丝下坠桐江石。

客星惨淡呼不应，片片飞云向人立。

忆昔真龙起新野，百万昆阳碎如瓦。

朝端但访赤伏符，泽中那问羊裘者。

逍遥建武垂裳初，乃有物色来菰芦。

新衔乍可授谏议，故态宁肯回狂奴。

长啸还归富春濑，采药桐君坐相待。

石上明霞照秋水，峰头雪瀑飞寒籁。

箕山颍阳杳莫睹，太息斯人遂千古。

方干谢翱两小子，废宅荒坟强为伍。

胡生抗志五岳前，中岁偶落风尘缘。

钓竿倘拂紫薇坐，归来与尔共拄东南天。

胡应麟（1551—1602），字元瑞，号少室山人，兰溪（今属浙江）人。明万历四年（1576）举人。有《少室山房稿》《诗薮》等。

严 滩

孙 仪

江山丛建德，几许不通名。
一日曾垂钓，千秋属子陵。
亭台长肃穆，比附亦峥嵘。
借问买山隐，儿孙几代更。

孙仪，字象可，鄞县（今浙江宁波鄞州区）人，明万历间诸生。有《清海吟》。

毛子晋斋中读吴匏庵手钞宋谢翱西台恸哭记

吴伟业

扁舟访奇书，夜月南湖宿。主人开东轩，磊落三万轴。
别庋加收藏，前贤矜手录。北堂学士钞，南宋遗民牍。
言过富春渚，登望文山哭。子陵留高台，西面沧江绿。
妇翁为神仙，天子共游学。携家就赤城，高举凌黄鹄。
尚笑君房痴，宁甘子云辱。七里溪光清，千仞松风谡。
庐陵赴急难，幕府从羁仆。运去须武侯，君存即文叔。
臣心誓勿谖，汉祚忧难复。昆阳大雨风，虎豹如猬缩。
诡谲滹沱冰，仓卒芜亭粥。所以恢黄图，无乃资赤伏。
即今钱塘潮，莫救崖山麓。空坑战士尽，柴市孤臣戮。
一死之靡它，百身其奚赎。龚生夭天年，翟公湛家族。
会稽处士星，求死得亦足。安能期故人，共卧容加腹。
巢许而萧曹，遭遇全高躅。文山竟以殉，赵社终为屋。
海上悲田横，国中痛王蠋。门人蒿里歌，故吏平陵曲。
彼存君臣义，此制朋友服。相国诚知人，举事何颠蹙。
丈夫失时命，无以辞碌碌。看君书一编，俾我愁千斛。

禹绩荒烟霞，越台走麋鹿。不图叠山传，再向严滩续。
配食从方干，丰碑继梅福。主人更命酒，哀吟同击筑。
四坐皆涕零，霜风激群木。嗟乎诚义士，已矣不忍读。

吴伟业（1609—1672），字骏公，号梅村，太仓（今属江苏）人。明崇祯四年（1631）进士，授翰林院编修，历官东宫侍读、南京国子监司业。福王时拜少詹事，为秘书院侍讲，迁国子祭酒，旋丁母忧归，直至谢世。有《梅村集》。

溯大江泊桐君山下作

毛奇龄

大江直上溯新安，为爱桐君系缆看。

几树绿萝悬露湿，半林黄叶带霜寒。

三时水屿迷烟市，万叠秋山漱锦湍。

婺宿影含书阁晓，浙潮声傍钓台宽。

帆樯估客歌黄淡，橘柚人家蔚绿团。

花种上城怀杜牧，草环故宅问方干。

紫岩洞口云犹闭，乌柏门前雨未干。

丘壑俨然羞豹隐，江山如此笑龙蟠。

望中未睹双峰涧，去后应过七里滩。

绣石障村真足羡，仙棋布地有谁观。

滔滔水国凭双桨，漭漭天涯负一竿。

那信戴颙还到此，双柑斗酒暂盘桓。

毛奇龄（1623—1716），字大可，号西河，萧山（今属浙江）人。清康熙十八年（1679）荐博学鸿儒，授翰林院检讨，充国史馆修纂，后充会试同考官。有《西河全集》。

与五弟登子陵钓台作二首其二

屈大均

滩中浩渺三江水，台下萦回十九泉。
君作方干我皋羽，富春春枕落花眠。

屈大均（1630—1696），字翁山，号泠君、华夫，番禺（今属广东广州）人。幼师事陈邦彦，清兵陷广州，随陈邦彦起兵，事败削发为僧。后还儒，与顾炎武、李因笃等交游甚密，共谋匡复故国。后因谋事无望，归乡著书。有《翁山文外》《翁山诗外》《翁山易外》《皇明四朝成仁录》《广东新语》（合称《屈沱五书》）传世。

同年方渭仁毛允大俱遂安人
毛已亡方亦老病行次遂安江口
去县尚百里欲往不果怅然有作

潘 耒

好友何寥落，愁翻谱籍看。

无年痛毛遂，善病忆方干。

细弱支门苦，衰迟采药难。

凭谁问消息，迸泪朔风酸。

潘耒（1646—1708），字次耕，又字稼堂，晚自号止止居士，吴江（今属江苏苏州）人。潘柽章弟。顾炎武弟子。清康熙间以布衣举博学鸿词，授检讨，纂修《明史》。以博学敢言遭忌，因"浮躁"降调归里。长于声音反切之学；指陈历代修史利病亦极明晰。生平喜游，所撰诗文，记游之作颇多。有《遂初堂集》《类音》等。

桐　江

徐道璋

轻帆漾微风，到郭及亭午。
晷影落清波，衔云映吞吐。
沙渚集渔舠，鹭鸶晒毛羽。
参错缀人家，临水开牖户。
楼阁见层叠，罅隙松篁补。
愧无荆关笔，好景妙难谱。
微体幸萧散，得来羁簪组。
心胸湛虚明，俯仰忆往古。
近欲访元英，顿首拜抔土。
远攀汉客星，高风邈天宇。
拟将谢浮名，烟波狎柔橹。
何时携双柑，春莺听花坞。

　　徐道璋，字端揆，太仓（今江苏昆山）人。清康熙时在世，官翰林院修撰。

元英先生图像

张鹏翮

一壑烟霞作画屏，尚留遗像炳丹青。

白云红树严滩月，长映桐江伴客星。

（自注：康熙壬辰秋，余奉使七闽，旋都。舟泊钓台谒子陵祠，访方干故居白云源，干二十六世孙方遇光，捧先生图像、诗稿呈谒舟次，爱慕之下，爰赋七言绝句一章，书于像巅。）

张鹏翮（1649—1725），号宽宇，遂宁（今四川遂宁市蓬溪县）人，清代第一清官。康熙九年（1670）进士及第，历任礼部郎中、兖州知府、苏州知府、江南学政、浙江巡抚、河道总督、两江总督、刑部尚书、户部尚书、吏部尚书兼文华殿大学士等职。

读元英先生诗 （有序）

陈维岳

　　先生以诗名广明中和间，序者谓其入钱起之室，论其诗耳。范文正公图先生像于严公堂之东壁，直以先生之白云源与钓台并观。考其遁于会稽，渔于鉴湖，往来桐庐之芦苡。先生岂一举不得志辄抑郁愤懑积而为不平之鸣耶。其浮云富贵之意，自在册巅水涯之外，士固有志，视子陵何多让焉。时康熙丁酉黄钟月。桐庐令古邮后学陈维岳拜撰。

　　　　千古桐山对钓台，鸬鹚深处白云开。
　　　　自怜偶作风尘吏，羞睹先生五字才。

　　陈维岳（约1669年前后在世），字纬云，江苏宜兴人。生卒年均不详，约清圣祖康熙八年前后在世。刻苦励学，与仲兄维崏皆有文名。徐乾学、朱彝尊皆推重之。维岳著有秋水阁古文一卷，潘冀诗二卷，红盐词二卷，并传于世。

自七里濑至乌石滩作

沈德潜

玄英宅已遥，钓台尚堪揽。轻帆入清湍，漾漾风微飐。

江狭千曲纤，山隔两涯敛。沙明砾可拾，翠映波疑染。

鸥鹭各为群，眠立雪分点。戍柝传喧喧，津鼓闻统统。

峰合路欲穷，境转仍潋滟。篙师与滩争，利便忘夷险。

一折复一滩，撇捹服其敢。怪禽啼丛木，炊烟上崖广。

无营景俱恬，有得意弥慊。建德昔名邦，云外指黭黮。

长吟怀谢公，今古同所感。

沈德潜（1673—1769），长洲（今江苏苏州）人，字确士，号归愚。清乾隆元年（1736），以廪生试博学鸿词，四年（1739）进士。授编修，累迁侍读、左庶子、侍讲学士、日讲起居注官、内阁学士，官至礼部侍郎。十四年，以原品休致。高宗赐诗极多。卒谥文悫。有《竹啸轩诗钞》《归愚诗文钞》《说诗晬语》等。

咏始祖元英先生

方遇光

余癸卯北上，从京市中购得始祖元英先生诗集，爰作长歌一章以志之。

我祖我祖灵在天，韬光养晦几经年。
忆昔乘凫写蒲编，群推手笔大如椽。
涂歌巷咏犹有传，公独胡为尽弃捐。
岂谓广陵散久湮，故且浮沉白云巅。
我今仰止无因缘，终夜思之忘寝眠。
搜罗不惮路万千，芒鞋蹈破眼几穿。
何幸典型犹未颠，遗稿忽遇在幽燕。
初盼犹疑珠在渊，细玩方知是真诠。
霏霏玉屑口流涎，何用蹰躇豹未全。
愧我绳武未及肩，聊学巴人续数联。

和陈明府题赠始祖元英公原韵二首

方遇光

一

百世推崇两钓台，谁知西岛亦旋开。
若非当代尊贤者，几负云源逸士才。

二

自昔风清伴钓台，百年云树一时开。
今朝又获玑珠赠，更显先人八斗才。

方遇光，字觉堂，桐庐（今属浙江）人。方干二十六世孙。清雍正元年（1723）举人。选守备。

谨绎始祖元英诗四首

方 山

一

直为篇章非动众，一琴一鹤到桐庐。
不冠不履狂奴态，流水高山作画图。

二

诗文愈老愈招非，七里滩头坐钓矶。
剑鹤已随豪债去，独还渔岛也几希。

三

为离新定白云来，处处梅花处处开。
贪听新禽酒杯驻，山间江上好徘徊。

四

岁岁追维思惘然，朝昏感慨白云源。
于今五字垂天壤，犹有清风伴钓船。

题始祖唐处士遗像

方　山

非坐非行画像开，精神千古尚雄恢。
溪山依旧云还白，猿鹤空啼剑久埋。
五字直排钱起室，一竿独伴子陵台。
由来月桂天香远，尽是唐时亲手栽。

　　方山，字继白，桐庐（今属浙江）人。方干二十六世孙。清雍正、乾隆时在世。

谒严先生祠

朱　圭

高矶俯三江，迥峡锁九曲。先生考槃处，古木森寒绿。
云卧干象纬，龙隐净无欲。沉冥似君平，东京振国俗。
竭来遗祠下，清旷恣眺瞩。西台皋羽恸，芦茨元英劚。
苦节陵夷齐，孤魂招均玉。南岩面双坟，遥揖松荫缛。
蠖信各随时，知耻期远辱。再拜谢前贤，斯义敢不勖。

　　朱圭（1731—1806），字石君，号南厓，晚号盘陀老人，大兴（今属北京）人。清乾隆十三年（1748）进士，官至体仁阁大学士，晋太子太傅。赠太傅，谥文正。有《知足斋集》。

七里濑

黄 钺

篷窗围锦屏，我身入图画。心豁辟新局，目瞬昧旧界。
江盘玉循环，山互黛画卦。行愁溪路穷，坐觉天宇隘。
富阳晓缆维，钓台午帆挂。节企严陵高，隐吊方干介。
朱鸟歌者谁，苍山哭几坏。尘颜愧胜游，肃望早心拜。
践苔足恐污，劖石壁虞齐。舒舒波鳞皱，齿齿石齾齘。
藏禽韵深苍，潜儵镜清快。宿桑尚有恋，啖炙科无喝。
结茨想岩幽，科头忘日晒。

黄钺（1750—1841），字左田，号左君、井西居士，当涂（今属安徽）人。历官礼部尚书、太子少保、户部尚书、军机大臣。有《壹斋集》等。

严先生钓台

左　辅

洛阳何处寻宫殿，严濑于今有钓矶。

锦绣全归高士座，江山长映客星辉。

安眠竟不知天子，一出犹嫌屈布衣。

台畔何人敢投足，玄英晞发幸相依。

左辅（1751—1833），字仲甫，阳湖（今属江苏常州）人。清乾隆五十八年（1793）进士，官湖南巡抚，有政声。

严州行

计 楠

昔年藩王封此邑，梅花为雉石为堞。
青溪如驶绕城来，万峰峭立土硗瘠。
一分田地一分水，八九分山如剑脊。
畈心畦畔高复低，节节层层作梯级。
生涯种植兼牧樵，牛掣水碓遍山隰。
地产只供三月粮，米盐布帛他方入。
只有江山一大观，滩声百折云千叠。
东湖西湖隔一城，南峰北峰耸双塔。
近郭乌龙山最雄，群山环峙若拱揖。
中流一线接海门，下连于越上婺歙。
唐宋以来名宦多，杜刘范陆踪相接。
复有神仙与高士，桐君子陵传简牒。
方干谢翱隐者流，里居墟墓志乘辑。
此地由来名胜区，就我见闻记游箧。

梅花残雪早春天，客馆灯残人孤寂。
伴我长歌复短歌，风声雨声相应答。

计楠（1760—1834），字寿乔，秀水（今浙江嘉兴）人。家于闻溪，筑小圃曰"一隅草堂"，因自号隅老。官严州教授。精绘事，尤善画红梅，时称"计红梅"。有《一隅草堂集》。

寒山访方干旧墅

王 昙

鉴湖逸客栖迟处，芦笋藤花老白峰。
三拜自娴名士礼，十官那受宰臣封。
东溪野鸟迷陈迹，西岛寒猨识旧踪。
只为江东容隐遁，石矶沙井野情浓。

　　王昙（1760—1817），后改名良士，字仲瞿，号瓶山，又号秋泾生，秀水（今浙江嘉兴）人。清乾隆五十九年（1794）举人。有《烟霞万古楼文集》《烟霞万古楼诗选》等。

方干岛

宋鸣轫

湖山八百望中收，一片闲情付白鸥。
卧听波涛翻石壁，醉携琴鹤上渔舟。
缺唇有憾生难补，烧尾无缘死忽酬。
闻有知音不延荐，潜夫岂是傲王侯。

（按：方干岛，即白云源芦茨湾。）

宋鸣轫，字肇域，萧山（今属浙江杭州）人，清乾隆末诸生。有《逸亭诗草》。

夜行七里泷既而月出因登钓台纪以长句

江　湜

正月望后严州行，因事一入严州城。

出城已见西日倾，下船不敢盲追程。

前有七里泷，山峻水益清。

夜行若无月，恐负出水情。

不知舟人是何意，拔桩拨棹为宵征。

是时月在东岭背，水色稍借天光明。

两边山影落篷脊，压船若重行还轻。

顺流屈曲三十里，水风激激吹波声。

忽看岭上一轮吐，低昂若与船相迎。

一轮复从水底见，水底岭上争光晶。

奇哉富春夜山色，皎如雪后天初晴。

心知好月不恒有，清光犹为严先生。

先生钓出汉时月，一台高与浮云平。

登台看月发奇想，安得诗客相酬赓？

南宋谢皋羽，晚唐方元英，

若呼二子共良夜，岂无佳思通心精？

人间粪壤尚倾奋，馀此清境无人争。

举头得月俯得句，造物着意还相成。

何当泷水变酒醉我倒，更忘身后千秋名。

江湜（1818—1866），字弢叔，长洲（今江苏苏州）人。清咸丰间诸生，同治元年（1862）官乐清长林盐大使。有《伏敔堂诗集》。

和友人山居杂兴

袁世纬

莫笑曾栖芳郭客，山居乐事未躬亲。

白云源口浮槎去，欲叩元英与卜邻。

袁世纬（？—1861），字笕村，桐庐县贡生。

白云源吊远祖元英处士

方骥才

惊帆片片逐飞湍，峡束沙回石壁寒。

鹤屿有情奇句出，鸾台无分一官难。

晚居鉴曲追狂监，我眺元亭似馆坛。

汐社西连谢君墓，英灵文字未摧残。

方骥才，字壶山，桐庐县贡生。

访元英先生故居

方毓瑞

山色沉溪倒影明，传芭何处访先生。

破扉经雨苔花湿，故径留烟石气清。

残墨昔曾馀砚沼，名流今未冷诗盟。

书香一脉传孙子，墙角时时认短檠。

清芬阁

方毓瑞

偶挟诗瓢住镜湖，千秋涉想笑颜臞。
龙梭织字凭谁和，鹤屿留题只自娱。
逸迹不妨僧寺寄，清名犹与钓台俱。
至今高阁留遗址，文藻传家有画图。

方毓瑞，一名辛，字云岩，桐庐人，清道光二十六年（1846）举人。

茅 坪

袁 昶

夜宿白云源，朝登白云岭。

山下芋田已足豪，山中樵客多生瘿。

元英居士不归来，谷汲林衣疏造请。

机春水际亦忘机，涧户无人风自打。

寄羲庭先生时居茅坪，即白云源地

袁 昶

源头云逐方干去，源里樵归更卜邻。

一白春鉏将傲客，千红踯躅待归人。

袁昶（1846—1900），字爽秋，号重黎，桐庐人。光绪二年（1876）进士，累擢徽宁池太广道，江宁布政使，官至太常寺卿。光绪二十六年（1900）因义和拳事，忤首祸诸臣，被诛。谥"忠节"。有《渐西村人集》等。

宋谢皋羽墓

丁养元

痛哭西台上，酸风直到今。

参军惟报国，丞相是知音。

旧宅元英近，荒祠翠木深。

寒鸦纷晚噪，遗恨满空林。

唐隐士方元英宅

丁养元

上书常报罢，凄绝白云源。

死后才登第，生前孰讼冤。

秋风文字恨，夕照墓门昏。

醇酒悲同病，穷通莫漫论。

丁养元，字又吾，长兴（今属浙江）人。清光绪二年（1876）任桐庐训导。

入子陵先生祠堂见元英先生配位作

方国钧

未获传家集，已登配享堂。

钓台原有二，隐士讵无双。

祀典崇今古，先生属汉唐。

斯风山水并，应共卜高长。

过钓台

方国钧

素慕先生节概幽，今朝才上二台游。
披萝欲觅耕云畔，坐石先寻钓月钩。
料待元英成鹤伴，故违光武著羊裘。
苍泱山水亘千古，不朽斯风山水侔。

诣白云源求元英集俄而宗人以集进读之有感

方国钧

未见公诗隐恨多，见时欣喜又如何。

才知大雅风犹在，转爱名贤论不磨。

唇补当年深想象，韵流今日细吟哦。

诵馀助我无穷趣，山有白云水有波。

谋刻元英集过访楫卿宗兄赋诗示意三首

方国钧

一

君祖景传我景珍，一家骨肉本周亲。

莫因代远情都远，同是白云后裔人。

二

同君对坐数家珍，诗集元英风雅亲。

此是高曾真矩矱，捐赀重梓在吾人。

三

无须海错与山珍，诗味家藏切且亲。

异日集成行世上，应称处士有传人。

方国钧，字成甫，清时桐庐人。余不详。

钓台怀古二首其二

杨家槐

东汉真名士，高风天下闻。

羊裘弃轩冕，渔笛爱松云。

辅义能希圣，怀仁不事君。

后贤方谢侣，相继揖清芬。

杨家槐，字植三，清时建德人。余不详。

桐江吊谢皋羽

王乃斌

一哭苏台再越台，子陵台上不胜哀。
桐江歌洒遗民泪，柴市魂招国相来。
千载有人称古义，当年知己感斯才。
溪蘋未得芳祠荐，遥与方干奠一杯。

王乃斌，字雪香，号吉甫，仁和（今浙江杭州）人。有《红蝠山房诗钞》。

醉后题壁

陈　浦

贫归故里生无计，病卧他乡死亦难。

放眼古今多少恨，可怜身后识方干！

据《随园诗话》记载：此诗为乾隆年间一位名叫陈浦的老寒士所作。

陈浦，生卒年及生平不详。

《随园诗话》作者袁枚，（1716—1798），字子才，号简斋，晚年自号仓山居士、随园主人、随园老人。钱塘（今浙江杭州）人，祖籍浙江慈溪。清朝乾嘉时期代表诗人、散文家、文学评论家和美食家。

舟经芦茨溪口望白云源方干故居

周大封

槃涧怀高躅，人意山俱深。

溪转白云远，径迂烟莽侵。

遐想元英阁，清芬留古今。

遗构怨荒芜，崇岭自崎嵚。

松风洒然过，呼客鸣山禽。

故墟合绿树，寂境谁能寻。

自非泉石癖，岂具见道心。

慨慕文字香，爱此钓台吟。

美玉无善价，高弦少知音。

为君效三拜，羽觞飞一斟。

周大封，民国人，生卒年不详。

水调歌头·重过钓台路

陈居仁

重过钓台路，风物故依然。羊裘轩上，俯临清泚面屏颜。仰见先生风节，更有两公名德，冰雪照人寒。龙野方驰逐，鸿翼自孤骞。酹壶觞，追往昔，笑华颠。　　别来三纪，推排曾戴侍臣冠。惭愧君恩难答，聊复守符重绾，敢叹客途艰。少报期年政，行泛五湖船。

陈居仁，字安行，宋兴化军（今福建莆田）人。年十四而孤，以荫授铅山尉。绍兴二十一年（1151）举进士。曾任徽州、鄂州、建宁、镇江、福州等地的知州、知府，有政声。

罗给事宅

孙谷诒

河清欲继此才难，钱武肃赠句：黄河尚有澄清日，后代应继此才难。故宅犹存数亩宽。

文藻千秋同宋玉，云源百里近方干。

讨梁未遂生平愿，朱温僭号，隐请钱镠讨之曰：纵不成功犹可保守吴越，奈何交臂事贼，为千古羞。镠不听。及第虚从死后看。

莫感沧桑松橘废，罨江终古气迷漫。

本集诗：松橘苍黄覆钓矶，早年生计近相违。

孙谷诒，字春苕，浙江桐庐人。

题方干旧隐

吴兴叶邵

山岭萦纡若画图，高人筑室此潜居。

身随野叟闲吟啸，心似白云同卷舒。

旋发香醪供客醉，不干浮利与时疏。

先生旧隐依然在，好继清芬播史书。

作者资料不详。

题方处士旧隐继王知郡韵

陈　像

溪山翠拔得幽居，日乐高吟性识虚。

独计陶潜醉黄菊，却嫌张翰忆鲈鱼。

当时声价知遗野，今日荣名非曳裾。

严子钓台空绘像，不如贤继尽诗书。

陈像，自注颍川陈像，余不详。

过元英先生旧隐

徐龟蒙

严州东走去何赊，路入唐朝处士家。
文雅儿孙新科第，清凉水石旧生涯。
渔樵增色歌云叶，鸥鹭无情亏浪花。
满屋时贤赠诗版，儒风由此更光华。

徐龟蒙，自注三衢徐龟蒙，余不详。

过元英先生旧隐

柳　皙

芦茨村在钓台边，追忆当时处士贤。
今日少微星隐晦，山林空锁旧风烟。

柳皙，注兵部郎中，前知睦州。余不详。

过元英先生旧隐

董乾粹

蓬蒿三亩旧生涯，怀想先生浩叹嗟。

风雅大声曾震世，文章余泽尚传家。

桐君山近闲樵斧，严子台空放钓槎。

醉魄吟魂今杳默，芦茨霜月淡笼沙。

董乾粹，此诗自注前沧州观察推官。余不详。

过元英先生旧隐二首

卞山陶

一

鸬鹚源上风烟好，结架遥邻云水湄。

曾是先生亲卜筑，不妨相国细吟诗。

山开两峡云来暝，滩急一江帆到迟。

作意云孙真好事，清芬高继昔人为。

二

平生无梦到班行，留得清名与世长。

此老风流胜王谢，诸郎佳句似池塘。

排云出屋须临赋，卓笔高题信似狂。

小泊便思安石渚，他年容我听鸣榔。

作者不详。

过元英先生旧隐

三衢汪顾行

风雅先生万载名，桐江严濑等高清。

流芳益远逾兰蕊，素业相传尽俊英。

家在云村临万壑，池连星阁蔽层楹。

肯堂又见贤云耳，登览徘徊鄙宦情。

此诗自注三衢汪顾行，余不详。

过元英先生旧隐

卢 约

桐江自古出英贤，孰若先生行谊全。

吴守相逢几樽酒，鉴湖生计一渔船。

高坚难拜诗坛将，抗直宜居绣豸员。

不在其身在其后，信知穷达本于天。

本诗自注朝散郎广西经抚司勾当，余不详。

过元英先生旧隐

孙　杞

脱遗轩冕傲林泉，诗句穷搜物外天。
作者相望七人后，正气可续二南篇。
谩言入室推钱起，惜不逢时似浩然。
更想溪山助清思，卜居仍近钓台边。

此诗自注考功员外郎管城孙杞，《宋会要辑稿》职官六七有"元祐四年十一月三日，诏孙杞缘右司郎中身亡合得恩例勿行"之载，余不详。

过元英先生旧隐

宋景年

分派风骚众体兼，闲中得失心亦厌。
久知钓濑波澜阔，况在松江纪律严。
云梦早随词气涸，昆仑忍傍简编尖。
他年插架能三万，长记吟来第一籖。

宋景年，字退蜥，哲宗元祐时人，曾官祠部员外郎。此诗自注尚书祠部员外郎赵郡宋景年。余无考。

过元英先生旧隐

刘 琦

自从笔削三千首，复见遗风二百年。

佳句独为时辈许，幽光常伴客星悬。

耳孙文彩方高蹈，鼻祖声名更盛传。

曾到先生栖隐处，子陵台下好林泉。

　　刘琦（1482—1541），字廷珍，号北郭，陕西承宣布政使司延安府洛川县（今陕西省延安市洛川县）人。正德九年（1514）进士。嘉靖初由行人授兵科给事中。

过元英先生旧隐

王　竦

先生穷不怨，语淡气浑然。

大雅三百首，高名千万年。

至今存旧稿，与世玩新编。

我独非贡赏，空惭远裔贤。

作者王竦无传。此诗作者自注朝奉大夫下蔡王竦，所谓蔡王竦疑误。

过元英先生旧隐

刘 芹

昔游经桐江，南泝七里濑。两岸排嵯峨，中流泻澎湃。
乔木抱苍烟，葱蒨叠飞盖。秀气蟠一方，岂不产雄迈。
弭楫讯溪叟，盛诧掩吴会。对指白云村，元英故居在。
先生负奇才，孤节挺耿介。作诗中和间，大笔压流辈。
怀宝就科举，志欲熙帝载。危步偶一蹉，放意江湖外。
生涯老吟钓，醉眼谢时态。落落文正公，叹咏形感慨。
卓哉严子陵，避世此韬晦。先生乃为邻，高风与之配。
后来谁能追，想慕徒慷慨。斯人购复难，何以慰眄睐。
今者来豫章，滥职训青佩。获见贤裔孙，英姿旧峨豸。
文行粹表里，凛与古人对。聊兹驻旌旆，即入调鼎鼐。
每幸容进趋，温颜曲提诲。言皆可书绅，敬服安敢怠。
触类新见闻，日使开鄙昧。先生有遗篇，出示曾不爱。
一编许家藏，跪受胜珍贝。披讽烂盈目，若睹景星快。
妙思回化钧，真音通天籁。烦胸为一清，如夜饮沆瀣。
殷勤荷公赐，掩策前再拜。愿持刻洪崖，俱传万千代。

本诗自注瀛州防御推官充洪州州学教授刘芹，余不详。

过元英先生旧隐

程嗣恭

唐末文章二百年，江南独秀几能传。
空余丽藻垂星斗，不使淳音被管弦。
间代云来腾琬璧，当时才业晦岩泉。
因思昔作儿童日，已诵轩车第一篇。

此诗自注左中散大夫守光禄卿程嗣恭，余无考。

过元英先生旧隐

吴　沛

雄飞诗格冠唐贤，世播高名几百年。

远祖先生遗旧稿，曾孙御史惠新编。

泥途冠冕知真乐，笑傲林泉得自然。

何日归休遂东泛，卜邻台畔激清泉。

此诗自注朝请郎睦广亲北宅讲书吴沛，余不详。

题方氏清芬阁

陈元忠 （龙翯）

堂堂万丈松，结根涧之湄。合抱如许高，一气交会之。
磊巍露尺寸，所施良已微。岁寒抱劲节，官封违素期。
回首邱山重，万世渺难追。岩岩严濑旁，龙蛰不可縻。
岂期创大厦，而使栋梁遗。当时靳不试，造物无乃私。
善不在其身，君看此霜枝。

作者生平不详。

题方氏清芬阁

文　若

名落江湖旧所闻，遗编此地挹清芬。
天长辽鹤有孤唳，月满吴江无片云。

作者生平不详。

桐庐怀方元英处士

朱兴悌（西崖）

海内谁知己，茫茫感慨并。
补唇空自笑，落魄竟无成。
长啸桐江碧，浮家镜水清。
九泉虽及第，何以慰平生。

朱兴悌，字子恺，号西崖，浦江人。贡生。有《西崖诗钞》。

方处士雄飞

郑濂（茂川）

白云岭下白云村，想象元英水际门。
大好补唇全野性，何须赐第慰吟魂。
当年偃蹇甘林壑，万古清芬到子孙。
前有羊裘后皋羽，喻凫孙郤那堪论。

作者生平不详。

题方氏清芬阁

无名氏

一代风流绝，千年典则存。

清风留竹子，流水付桐孙。

石界横斜浦，烟分远近村。

芦茨源下望，高处是干门。

题方氏清芬阁

无名氏

世间豺虎正争歧，隐去何妨九曲迷。

怀人梦到北山北，卜邻意欲西枝西。

麦云已有饱气象，梅雨又颂诗品题。

他日篮舆入源去，尚期趺坐对青藜。

题方氏清芬阁

无名氏

山阴兴尽晚船稀，猿鹤欢吟入翠微。

为信在山名远志，便令满箧寄当归。

一床独高空诸有，三径就荒知昨非。

更赖仲容贤莫敌，竹林从此倍光辉。

题方氏清芬阁

无名氏

肺腑群仙襟带江，近人鸥鸟日成行。

每来问道维摩意，何幸浓薰班氏香。

雨脚雪床方闲作，灯花酒面正争光。

更颐彩选消长夜，坐看回旋冗骼忙。

方玄英先生传

孙　郃

先生新安人，字雄飞。章八元即先生外王父也。广明、中和间为律诗，江之南未有及者。始谒钱塘守姚公合，公视其貌陋，初甚侮之。坐定览卷，骇目变容而叹之。先生一举不得志，遂遁于会稽，渔于鉴湖，与郑仁规、李频、陶详为三益友。弟子弘农、杨弇、释子居远。及卒，弇编其诗，请舍人王赞之为序。赞《序》云："张祜升杜甫之堂，方干入钱起之室"云。

（选自《全唐文》卷八百二十）

方元英先生传

孙　郃

　　玄英先生，新定人也。姓方氏，名干，字雄飞。父曰肃，举进士，章协律八元美其诗，以其子妻之。八元即先生外王父也。先生为诗，高坚峻拔。其秀也，仙蕊于常花；其鸣也，灵䴙于众响。咸通、乾符、广明、中和间为律诗，江之南未有及者。先生为性，不洽于伦类，亦多拒之，相与非先生之诗，愈非而诗愈出。始举进士，与同举者数辈谒钱塘太守姚公，见其貌陋，初甚卑之。坐定，览众卷，及先生诗，姚公骇自变容而叹之。宾散，独与之久。馆之数日，登山临水，无不与焉。先生性气不拘礼，一举不得志，遂遁于会稽，渔于鉴湖。于是会稽太守王公龟，以其亢直宜在谏署，且奏之。会王公暴薨，事不就。光启、文德间，客有至自鉴中者，云先生亡矣。说先生将殁，乃谓其子曰："志吾墓者谁欤？能无自志焉。吾之诗人自知之。"遂志其日月姓名而已。然先生不仕，家甚贫，时以书告急于越帅刘公，公许之未至也，又书曰："救溺者徐徐行，则不及矣。"帅遗钱十万，绢五束，先生复书，不能他辞，唯曰千感恩万感恩尔。翌日而卒。湖州牧郑公仁规、建溪太守李公频、九江刺史陶公详，为三益友，于先生深者，则九江焉。诗弟子数人，知其深者弘农杨弇、释子居远。昔孟东野卒张司业与其门人共目之为贞曜先生，今江东后进承先生知者，亦相与谥之曰"玄英先生"，所冀以光于后。予稚齿承方公之知，恐行事湮没，乃作传焉。先生有诗集十卷，弟子杨弇编之，余请王赞舍人为之序。序成，将以付梓云。

（选自四库本《玄英集》附录。《全唐文补编》编者按：《全唐文》卷八二〇收此文，仅一百三十一字。又孙邰误为孙邰。今重录。）

（《全唐文补编》卷一一四第1423页）

（《桐江白云方氏宗谱》载，结尾处为：余请翰林舍人王公赞为之序。——乐安孙邰撰）

孙邰，字希韩，约唐朝末在世，浙江台州仙居人。乾宁四年（897）登进士及第。好荀、扬、孟之书。官校书郎，河南府文学。朱温篡唐，归隐。《新唐书·艺文志》录有孙氏文纂四十卷，孙氏小集三卷，代表作品有《古意》《春日早朝》《哭方玄英先生》等。

玄英先生诗集序

王 赞

风雅不主于今之诗，而其流涉赋。今之诗盖起于汉魏，南齐五代，文愈深，诗愈丽。陈隋之际，其君自好之。而浮靡滥懑，流于淫乐。故曰"音能亡国"，信哉！

唐兴，其音复振。陈子昂始以骨气为主，而浸拘四声、五七字律。建中之后，其诗弥善，钱起为最。杜甫雄鸣于至德大历间，而诗人或不尚之。呜呼！子美之诗，可谓无声无臭者矣。

吴越故多诗人，未有新定方干擅名于杭越，流声于京洛。夫干之为诗，镂肌涤骨，冰莹霞绚。嘉肴自将，不吮余隽。丽不葩纷，苦不棘癯。当其得志，倏与神会。词若未至，意已独往。子为儿时，得生诗数十篇，心独好之。生时尚存，地远莫克相见。其后生名愈藉，为诗者多能讽之，而生殁矣。今年遇乐安孙郃于荆，早与生善，出示所作《玄英先生传》，且曰："与其甥杨弇泊门僧居远收掇其遗诗，得三百七十余篇，析为十卷，欲子为之序，冀偕之不朽。"先是丹阳有南阳张祜，差前于生。其诗发言横肆，皆吴越之遗逸。子尝较之，张祜升杜甫之堂，方干入钱起之室矣。干之出处行事，郤传实备之，不复互出。直嘉郤能怀人之遇，成人之不泯，而又爱我之厚。故集诗之废兴，题于干集之首。

（选自《全唐文》卷八百六十五）

　　王赞（？—905），唐朝末年官员，王赞官至兵部侍郎，后贬为潍州（治所在今山东省潍坊市）司户。天祐二年（905）六月，朱温在亲信李振鼓动下，于滑州白马驿（今河南省滑县境）杀"衣冠清流"三十余人，史称"白马之祸"，王赞在其列。

乞追赐李贺皇甫松等进士及第奏

韦 庄

词人才子，时有遗贤。不沾一命于圣明，没作千年之恨骨。据臣所知，则有李贺、皇甫松、李群玉、陆龟蒙、赵光远、温庭筠、刘德仁、陆逵、傅锡、平曾、贾岛、刘稚珪、罗邺、方干，俱无显遇，皆有奇才。丽句清词，遍在词人之口；衔冤抱恨，竟为冥路之尘。伏望追赐进士及第，各赠补阙拾遗。见存惟罗隐一人，亦乞特赐科名，录升三级，便以特敕，显示优恩。俾使已升冤人，皆沾圣泽。后来学者，更励文风。

（选自《全唐文》卷八百八十九）

韦庄（约 836—910），字端己，京兆郡杜陵县（今陕西西安）人，晚唐诗人、词人，五代时前蜀宰相。韦庄工诗，其律诗圆稳整赡、音调洪亮，绝句情致深婉、包蕴丰厚；其词善用白描手法，词风清丽。与温庭筠同为"花间派"代表作家，并称"温韦"。有《浣花集》十卷，《全唐诗》录其诗三百一十六首。

钓台南岸谒墓记

方 楷

楷幸获科名。适今太守范公访先公故庐，流连数日。蒙公赠诗，复为绘像于子陵祠中，可谓旷代奇遇。楷爰率族躬拜先公元英墓于钓台之南，以范公赠诗绘像敬告，并先公自作墓志谨刻于石，竖茔之右，使后嗣得以为识焉。呜呼，唐人以诗取士，而先公不与，不数年而亡，宜哉。然使当时因王公疏荐，果擢谏垣，唐室未必即圮也。后人或以诗人目公，或与子陵以隐同称，亦未识先公之心者矣。楷特记之，使后人知，识先公者，无如范公也。

时景祐元年十二月

天圣六年戊辰科进士八世孙楷谨记

（选自《桐江白云方氏宗谱》卷一）

方楷（1000—1080），字希则，白云源人。方干八世孙。于宋仁宗天圣丙寅补博士弟子员，丁卯乡科，建东山书院，八年庚午（1030）（谱载天圣六年戊辰，有误）登王拱辰榜进士。初任鄱阳（今属江西）主簿，后转上元县令，爱民如子，升殿中侍讲。钦赐五品服。致仕还家。

提举苏中散题西岛序

苏师德

有唐元英方先生，寓寄镜湖之上，号西岛，爱其山川，老焉。自乾符广明，距今三百余年。旧隐之地，转易他姓屡矣。乾道壬辰，邦帅敷文阁直学士桐庐公实，先生十一世孙也，下车访问父老，西岛宛然，今为郡人钱筠年别墅。钱，乡里善士，好事者方且芟夷榛莽，将尽复昔人旧居，且求肖像绘事祠焉。先生材高志洁，优游不仕，虽老镜中，而家本新定。子孙散居，多守旧业。至景祐初，邦帅之曾祖驾部。公始以文学起家，受知欧范巨公，传绪三叶，代有闻人，为世推仰。元英之族，遂望东南。历观乾符以来，处士诗老，一时高蹈如司空图、郑邀，以至魏野林逋之伦，载于史牒，声称著矣。而未闻后裔蕃衍盛大，略可推考者。先生下世虽

苏师德（1098—1177），字仁仲，续娶方干后裔方元修女。原籍同安（今厦门），出身闽南望族，其父苏绅曾任集贤殿修撰。北宋末年，迁居到洲泉（今属浙江桐乡）。南宋初年，主持洲泉祇园诗社。

久，而远孙为国迩臣，作牧栖遁之地，发扬潜德，辉光一新，岂先生后隐君子专以诗名久益湮没也哉。钱君既落祠宇，邦帅复命刻旧诗四篇祠下，盖最为镜中讽咏者二三作也。

钓台记

吕祖谦

由东阳江而下，迳新定郡五十里，得严陵濑，盖东汉严先生遁世不屈，耕钓于富春山，后人因以名其濑也。孙吴析富春为桐庐，是濑亦属焉。顾野王《舆地志》曰："桐庐县西有严子陵钓鱼处，石上平可坐十人，名为钓坛。"即今纪之钓台也。独两台对峙，野王所不纪，盖亦略言之耳。明道二年，范文正公自右司谏守是邦，始筑宇祠先生而为之记。濑之旁白云源，乃唐诗人方处士故庐。文正公之游钓台也，尝涉江访其遗迹，以其像置之左。文正公殁，郡人思之，遂侑食于右坐焉。

吕祖谦（1137—1181），字伯恭，世称"东莱先生"，婺州（今浙江金华）人。南宋著名理学家、文学家。隆兴元年（1163）登进士第，复中博学宏词科，调南外宗学教授。累官直秘阁、主管亳州明道宫。参与重修《徽宗实录》，编纂刊行《皇朝文鉴》。与朱熹、张栻齐名，并称"东南三贤"。

会稽先贤祠传赞

龚敦颐

先生字雄飞，讳干，新定人也。性高洁负气，一举于朝不得志，遂遁于会稽，渔于鉴湖，萧然山水，以诗自放。咸通中，太守王龟知其亢直，奏以谏列，不就而卒。门人相与私谥曰元英先生。议者谓其诗高坚峻拔，冰莹霞绚，当其得志，倏与神会，词若未至，意已独往，似其为人。至今，镜中所赋渔父樵子类能歌咏之。它所存者，尚三百余篇。其后徙桐庐之白云源，盖先生畴昔往来之地也。本朝文正范公始以先生与严子陵并祀钓台之上。乾道壬辰，先生十一世孙敷文阁直学士桐庐讳滋之者，来牧此邦。访寻遄躅，清风宛然，而先贤之祠，位置独未备，抑岂有待也夫。今既列其祀，敦颐爰叙而赞之曰：唐室既卑，高士不驾；岂以谏垣，易我樵舍。越山愁烦风，家林叶下；我怀先生，醉吟清夜。

龚敦颐（1140—1201），又名颐正，字养正，号芥隐，处州遂昌（今浙江丽水遂昌）人。孝宗淳熙十四年（1187）以荐入仕。宁宗嘉泰元年（1201）赐进士出身，为枢密院编修官兼实录院检讨官，迁秘书丞。著述颇丰，有《芥隐笔记》《续释常谈》《中兴忠义录》等。

玄英集原序

雷孝友

子陵钓台立祠其下，配方玄英先生干。孝友宦游往来屡过之，拜其像辄想见其为人。开禧元年，孝友仕中都，而先生之十三世孙秘以贡士试南宫，出示文正范公《过先生旧隐》诗并序文，得其本末甚详。秘将复刻之石，且次第其世族，欲并著之。

按方氏自梁天监中有名储者，以高第为郎中；历晋、宋、齐、梁、陈、隋洎唐，传二十七世而先生始生。先生以诗名，咸通广明间，儿童皆能诵之。传八世至文正公序所谓楷者，始登进士第，仕至驾部郎。生二子：长蒙，殿中侍御史；次鼎，知润州丹阳县。蒙之子元修，通判濬州；元若，秘书少监。鼎之子元昭，登建炎进士第。蒙之孙滋，仕甚有名，乾道初为刑部侍郎，累更大镇。孝友淳熙中分教延平，而先生之十二世孙炳为司户参军，实为同僚。秘则炳之子也。秘既而揭名南宫第七，寻易经魁，邦人荣之。今为高安郡博士，盖进而未止者。然此第就白云源一派而论之也。推而言之，如永康派先生之九世孙国子祭酒晟，十世孙镇江府知府踪，十一世孙河南府通判三让；浦江派先生之七世孙礼部尚书资，八世孙兵部尚书扬远，九世孙秘书少监铸等，均无不以诗书起家，与云源并驾齐驱。人以是知先生传世久远，子孙皆以文学昌，而范公诗所谓"诗书到远孙"者，其言益信也矣。秘能不忘所自，欲从而彰显之，亦孝子慈孙之用心也夫！尝按文正公诗，先已刻石于景祐四年，中更沦废；侍郎公亦再立石，又毁于回禄。侍郎之孙通判临安军事叔恭公，独藏摹本，今所刻者是也。方氏家传又有文正公《过旧隐》诗五言四十字，首列"高尚继先君"之句，因以见先辈盛德，推贤扬善，于先生旧隐屡致意如此，是不可不传也夫。

皇宋开禧二年九月

（注：《唐元英先生诗集》题为《跋元英先生家集》，落款为：中奉大夫权尚书兵部侍郎兼中书舍人高安雷孝友跋并书。）

雷孝友，字季仲，乾道五年（1169）中进士，初任南剑教授，继调国子监祭酒。宋庆元初，党祸兴而辞官，为朱熹重之，后迁御史中丞。死后封唐国公，赠太师，谥文简，名入《宋史》。

跋元英先公家集

方　秘

　　秘按序文诗凡三百七十余篇，今所刊者三百一十有二篇，而散逸尚六十余篇。自驾部郎察院诸曾高康定治平以来，往往递存录本。及乾道丁亥，先子炳始克镌木。然舛复未善，日往月来，终私藏于家，而好古博雅卒恨其无从观也。韩昌黎云，事有旷百世而相感者。鼻祖生唐季末，一举不遂，邱壑勇退，托比兴于斯文。虽当时谏省有欲荐之，彼浅之为见，徒泥成败，不过谓直韦布枯槁之流尔，初何关于世教夫，岂思间代权衡如。景祐元年，有文正范公者出，气同道合，遽受非常之知，既访其居为未足，又绘其像而并祀，且卒业垂数传衣冠不坠，特叙而咏之，先命其子监簿亲书，刊于祠右，剧力提奖，惟恐弗彰。然则是岂可与有胸无心姑以目睫论哉。譬之子陵，人皆疑光武属意故交，反独翩然羊裘，曾不以谏议大夫而屈。若非所以助帝为理者，而不思软弱之风一变，而再造汉业。桓灵以后，节谊余操犹足扶衰，是在廷诸臣之功。抑子陵之功助与否，识者其必有以辨之矣。家国势殊，固有大小，而探端寻绪，易地则均，盖尝求诸苏文忠公之说，而得祖孙受知于文正，粗若符契。文忠之说，曰天圣间，文正为书万言，以遗宰相，天下传诵，至用为将擢执政。考其生平所为，无出此书，如火之热，如水之湿，虽弄论戏语，率然而作，有不能移旨哉。斯言使文正触类于中，诚视之。以我则今也，吟咏性情，鸟兽草木之外，可以兴，可以观，可以群，可以怨，必已不逃其知。况乎三百年。有唐冠盖非不多，诗书培植不在其身，顾亦谁欤，而惟云源一隐。国姓变更，风雅秖旧。文正之知，得无愈深，其或由此乎？夫文正又尝过旧隐，赋兰自清芬之句，诸曾元临溪建阁，抚取句字、扁之清芬。士大夫过者莫不技痒，争相题咏，于是，清芬阁有诗名重于时，不可胜记。文正之前，想夫群公诗章，要未始乏，惜其存者亡几。今附卷末，宜列首编，庶见所从来盖远。然后继以文正钓台刊书序诗，与知枢密院雷公任兵侍日亲笔跋文。见祠之初立，至于清芬阁诗，乃复起文正而众作次之，亦八十余篇，仍见介而和者，有由其众作间，多亡失，或从郡望，或从升位，或从地里，或止从姓名，而姓亦不载，甚至先后岁月或恐失伦，无非悉本故来。既无长老可质，简编可参，不敢辄以么晚妄加是正。东莱吕先生文辞行近世铭述前人，正犹韩氏。唐大历间，每一篇出，缙绅宗之。其志曾大父墓，历叙卿裔于先，中复铺张名胜，皆清芬最盛。大致并取之，以备互觉。史文惠乾道己丑帅越，遍考越之隐逸，筑宫镜湖分高士、仙儒，奉祠两庑。鼻祖实述居越尤多，曷为越之图牒罗网不逮？后四年壬辰，伯祖侍郎相继帅越，复承文惠之意，而补其阙，有龚编修为之赞。为偕苏提举题越镜中西岛序，俱附入于末。秘不肖，窃自分教江右，秩满叨归猥需，今次三试有奇，爰念先世遗集，幸而私藏可妨，抖搜书囊，力具工费，巅末登载，重勒善梓，将俾观者开卷拭目而无会梓不满之情云。

　时　嘉定八年乙亥五月二十五日癸未

　十三世孙从政郎新差充两浙西路提点刑狱司干办公事　秘　谨跋

　　方秘（1184—1234），字武子，号松庄，方干十三世孙。宋宁宗开禧元年（1205）进士。初授高安（今属江西宜春）博士，转升从政郎，钦差两浙提刑。南宋失国后，弃官归。

题元英先生像赞

无名氏

唐元英先生像，高仰之其犹龙，质抱天地至精之气，文探鬼神绝妙之功，放志于鉴湖一曲，分祀于钓台半宫。其生焉，由疾而遂废；其没焉，终处而匪穷。虽不及曲谟虞夏之德，雅颂殷周之风，而能子孙百世诗书至今不坠吾云源之宗。

古稠孙天锡谨书

（选自《桐江白云方氏宗谱》）

作者生平资料不详。

题元英先生像赞

徐尊生

　　出与世违，处全吾洁。弃儒科，铢视谏列。竟传者诗，独高者节。配食子陵，清风卓越。

淳安徐尊生谨书

（选自《桐江白云方氏宗谱》）

白云图序

徐尊生

下子陵台，东岸为白云源，睦之胜处，唐隐士方玄英先生居之。台倚崖迫江。而是源也，委蛇廓深，东驰百里以达于江，视台为邃。千载之下，闻者神生，游者意息。

胜非因地，实由人也。盖先生之节有二焉：唐重进士科，有十上而后中者。先生一上，有司以有疾沮之，即归隐不仕，一也。唐最重谏官，有自布衣擢者，太守王龟以谏列荐，迄不就，二也。学诗于外王父章八元，而与李频、喻凫辈为友，此其绪余耳。别业在镜湖，故终老镜湖。西招严子，东抱贺公，岂偶然哉？

宋景祐初，范文正公守郡，图像附子陵祠，以节配也。及移守姑苏，过先生八世孙驾部郎中楷，作诗曰："幽兰在深处，终日自清芬。"方氏有清芬阁以此。十世孙秘书少监元迪南渡后，中原名士来依之者甚众。宋季元初，粤人谢翱亦尝寓隐于此。翱为山水记，称源之尤胜处有白云岭焉。

今其孙十九世安道隐居郡城，读书卖药，超然不群，名其室曰"白云"。又为图以著其咏想，庶几前人之风者软！予扁舟上下源口数矣，欲一游未能，阅是图不胜悠然之思，序而归诸安道。

（选自《严州府志》卷二十五）

徐尊生，生卒年不详，字大年，淳安（今属浙江）人。洪武初诏修《元史》，史成留修《庚申君史》，编集《礼乐书》。书成，赐金遣返。后以宋濂荐，授翰林待制，不就。《白云图》为唐朝著名诗人方干十九世孙方安道所画。"白云"是他居室的雅名。方氏世居白云源，故安道"为图以著其咏想"。图今已不存。

唐才子传·方干

辛文房

　　方干，字雄飞，桐庐人。幼有清才，散拙无营务。大中中，举进士不第，隐居镜湖中，湖北有茅斋，湖西有松岛，每风清月明，携稚子邻叟，轻棹往返，甚惬素心。所住水木幽閟，一草一花，俱能留客。家贫，蓄古琴，行吟醉卧以自娱。

　　徐凝初有诗名，一见干器之，遂相师友，因授格律。干有赠凝诗云："把得新诗草里论。"时谓反语为村里老，疑干讥诮，非也。

　　干貌陋兔缺，性喜凌侮。王大夫廉问浙东，礼邀干至，误三拜，人号为"方三拜"。王公嘉其操，将荐于朝，托吴融草表。行有日，王公以疾逝去，事不果成。干早岁偕计，往来两京，公卿好事者争延纳，名竟不入手，遂归，无复荣辱之念。浙中凡有园林名胜，辄造主人，留题几遍。初李频学干为诗，频及第，诗僧清越贺云："弟子已折桂，先生犹灌园。"咸通末卒。门人相与论德谋迹，谥曰"玄英先生"。

　　乐安孙郃等缀其遗诗三百七十余篇，为十卷。王赞论之曰："镂肌涤骨，冰莹霞绚。嘉肴自将，不吮余隽。丽不葩芬，苦不癯棘。当其得志，倏与神会。词若未至，意已独往。"郤亦论曰："其秀也，仙蕊于常花；其鸣也，灵鼍于众响。"观其所述论，不过矣。

古黔娄先生死，曾参与门人来吊，问曰："先生终，何以谥？"妻曰："以'康'。"参曰："先生存时，食不充遄，衣不盖形，死则手足不敛，傍无酒肉。生不美，死不荣，何乐而谥为康哉。"妻曰："昔先生国君用为相，辞不受，是有余贵也。君馈粟三十钟，辞不纳，是有余富也。先生甘天下之淡味，安天下之卑位，不戚戚于贫贱，不遑遑于富贵，求仁得仁，求义得义，谥之以康，不亦宜乎。"方干，韦布之士，生称高尚，死谥玄英，其梗概大节，庶几乎黔娄者耶！

（选自《唐才子传·卷七》）

辛文房，字良史，元代西域人，曾官省郎。能诗，与王执谦、杨载齐名。有《披沙诗集》，已佚。唐代许多诗人在旧史中无传可稽，辛氏广采资料，"游目简编，宅以史集，或求详累帙，因备先传，撰以成篇，斑斑有据，以悉全时之盛，用成一家之言"（《唐才子传·引》）其中一些史料，如记载诗人登进士第年等，十分可贵；"传后附以论，多揣摭诗家利病，亦足以津逮艺林"（《四库全书总目》）。

玄英处士方公遗像赞

宋　濂

予学子方孝孺，玄英处士之诸孙也，持处士像来请赞。赞曰：

振骚雅于江南，混渔樵于玉笥。谏垣天近，虽屡形州牧之章；牛衣夜寒，终不夺烟霞之志。凛然亢直之风，可折谄谀之气。遵真曜之遗则，造玄英之私谥。唯其蓄厚而发弘，所以继隆而传炽。绅笏蝉联，勋庸赫著。蔓延闽浙之间，莫匪云原之裔。敢申赞辞，式瞻昭企。

（选自《宋学士全集》卷四十四）

　　宋濂（1310—1381），初名寿，字景濂，号潜溪。祖籍金华潜溪（今浙江义乌），后迁居金华浦江。元末明初著名政治家、文学家、史学家、思想家，为"明初诗文三大家""浙东四先生"之一，被明太祖朱元璋誉为"开国文臣之首"。其作品大部分被合刻为《宋学士全集》七十五卷。本文与《桐江白云方氏宗谱》所载有数字不同。

方玄英先生赞

陈维岳

先生以诗名，广明中和间，序者谓其"入钱起之室"，论其诗耳。范文正公图先生于严公堂之东壁，直以先生之白云源与钓台并观。考其遁于会稽，渔于鉴湖，往来于桐庐之芦茨，先生岂一举不得志，辄抑郁愤懑，积而为不平之鸣耶？其浮云富贵之意，自在山巅水涯之外。士固有志，视子陵何多让焉？

千古桐山对钓台，芦茨深处白云开。
自怜偶作风尘吏，羞睹先生五字才。

（选自《严陵钓台志》卷二）

陈维岳，约公元 1469 年前后在世，字纬云，宜兴（今属江苏）人。刻苦励学，有文名。著有《秋水阁古文》一卷、《潘鬓诗》二卷、《红盐词》二卷。

桐庐县志序

瞿 銮

　　宜兴屠君以嘉靖癸未簿桐庐，考文稽古谓无志，匪以彰懿宣化，垂远茸遗，爰谏士僚，因略衍类迄成全书。书成以丙戌春，公事挈至京，谓予预国史纂修请一言，弁其端。予作而叹曰：国史大一统之，治之隐括也。而县之有志，史之枝裔，而备以登夫国者也。是唯宏治者之必懋矣。矧君子于宇内，恒必盼睇焉。搜撖考核以研故实，故视夫人若缓而急焉。斯疑迁者，慨自文献弗足，宣尼病焉。而季札观风，乃得备考《周礼》。而司马子长之迹越齐鲁而周天下，而矧使于其国，仕于其邦，而不能举其地之故，斯亦耻矣。故画地分田肇于黄帝，任土作贡武于大禹，掌记时事觞于成周。而庄子所谓："土据者志之，来不有自哉。"按严州属邑有六，而桐居其一，其初本扬州境，其设邑自黄武，迄今盖千二百余祀。而废置者七，迁徙者三，兹书之不常厥居之说也。不常则人物盛衰以途异，户口登耗以数异，财计盈缩以时异，习俗利病以风异，夫其不能不异也。存乎数而会其要，以归诸同也；存乎理，故有图经矣，而散见也。理则裂，有郡志矣，而比附也；理则淆，有绩本矣，而漫乱也；理则歉于明且备兹其为书也。主《图经》采郡志，为类凡四十有一，而类各有引，纲目昭灿，品式周详。而异者同兹志之，容于弗懋也哉。矧象于前则风后模乎。人则励我，姑自其人物而顾是焉。则隐逸如方干、滕岑、严侣者，其清可激也；流寓如严光、谢翱者，其高可激也；仕进如章八元、方豪、魏新之、姚文敏、俞庄襄者，其勋业文章可激也；而矧其品汇殷列类是顾不快于披睹也哉。是书始以甲申秋季，终以乙酉春季。主修者君也；同修者教谕徐君灿也；纂修者濮溉、俞言、王鹏举、王瀚、郑谟、俞先民诸生也。继祖君名也，述之君字也，昔尝从予游，其为政大率体正蠹剔，威加惠覃，观是亦可以知其体之得乎，大而蔚然其有成也，故序。

（选自嘉靖《桐庐县志》）

翟銮（1477—1546），字仲鸣，号石门，北直隶顺天府（今北京市）人。弘治十八年（1505）举进士。正德初年，授翰林编修。嘉靖继位，升为礼部右侍郎。嘉靖六年（1527），升为内阁大学士，以吏部左侍郎入值文渊阁，皇帝亲赐"清谨学士"，以兵部尚书兼右都御史。嘉靖二十一年（1542）为首辅，加少保、武英殿大学士，进少傅兼谨身殿大学士。谥文懿。

桐江白云唐处士方元英先生诗序

汪　濎

　　唐新定方雄飞先生，得诗律于元和中侍郎徐凝，弱岁声名大显。姚武功守钱塘，一见改容，后延致之，与为山泽之游。先生天才绮练，精思妙句，秀异清英，当时所谓大江之南无有能及者。然终其身，举而不第。相传有司以其貌陋不与科名。先生遂恣恣田野，绿蓑青笠，渔于鉴湖之滨。其胸次泊如也。隐居在白云源，山环水复，迄今后人犹守其井庐。余比年奉使此邦，往来舟楫数经其地，每诵李山甫所遗"松阴鹤迹远岫闲云"之句，辄慨然想见其流风趣尚，为之低徊不去。向按遗集凡三百余篇，皆殁。后门人杨弇与释子居远所收得，故历年虽多而诗在人口，不致流落散逸。今其嗣裔尤能克绍前徽，孜孜于传家之集，因故本漫漶，亟谋雠校镌版，以永无斁。此继序之志，不异数家珍而出其鼎彝法物，式先民之典型，服高曾之规矩，使陆士衡见之，亦当叹方氏子孙能咏祖德而诵其清芬矣。先生韬光匿采，隐约咸通文德之间，而及第一，荐阐幽发，潜于身后，至家学作求绳绳弗替，则先生之精神灵爽，自与书卷常留天地而历久弥曜者。若夫诗体原委及缘情本指，在含咀者之反覆而各领其味，无俟余之评别而多益一辞也。

　　时　大清康熙戊戌嘉平月

督学使者新安汪漋书于严陵试馆

（选自《唐元英先生诗集》）

　　汪漋（1669—1742），安徽休宁人居湖北江夏。康熙三十二年（1693）癸酉科举人，康熙三十三年（1694）甲戌科进士，选庶吉士。五十二年充浙江乡试正考官。次年以翰林侍读学士提督浙江学政。官至大理卿（正三品）。

元英先生诗集跋

郑 濂

元英先生方干，晚唐诗人，鉴湖流寓。考其故里，在严滩之白云源。先生尝谓"吾家钓台畔"，迄今偕谢皋羽配食子陵祠，不虚也。予自少诵其诗，未睹全集。幸新城拙斋余君得之都下，见而宝之。爰念诸同人梓以行世。昔王渔洋称红兰主人，刻郊岛寒瘦集，以宗室之贵而嗜好如此。今予辑补唇诗，敢云嗜古亦俾里中来，秀知前哲之不可忘也。剞劂告葳，弥切瓣香，愿与稽古之士同嘉勖云。

时 乾隆五十二年丁未九月

遂安水南后学郑濂蓉湖谨识

郑濂，号蓉湖，遂安（现属淳安县）人，例封修职郎浙江温州府以教谕衔管圳导事加三级、癸酉科拔贡中式举人、吏部拣选知县、仍候会试。余不详。

唐元英先生诗集前跋

予昔从旷园郑夫子游，得睹元英先生诗集，系遂安郑氏刻之都下。时方习举子业，未遑细阅也。今年秋，先生后裔有辑家乘之举，以先生诗集命予校订。阅之多舛论，乃求旷园夫子郑氏本校正之。虽亥豕不免，然较旧本稍胜矣。按方氏为桐江文献，如性夫先生《礼记集解》散见诸书，而专集已不可得。予尝欲汇桐江前辈行事遗文合刻一书，颜曰《桐江文献录》，而遗卷散佚，不可搜罗。今幸得此集，爰谨藏之，他日倘得刻以行世，亦足以存什一，未知果能否耶。敬志集末以明向往。

时　道光九年己丑元月

桐南后学　王澜　谨识

唐元英先生诗集后跋

　　按先生原集三百七十余首，至宋时先生十三世孙武子先生校刻，只存三百十有二首，后复遗佚数首。今从郑氏本与邑志补入，得存三百十五首，并附录逸事三则，历朝诗人题咏亦补入数首。俾读先生诗者得见焉。

　　时　道光九年己丑九月

王澜又识

　　作者生平不详。

| 文摘一 |

干，字雄飞，新定人，章八元之外孙也。以诗名于江南。咸通中一举不第，遂遁迹会稽。殁后，宰相张文蔚请追赐名儒沦落者及第凡十五人，干与焉。是集前有乾宁丙辰中书舍人祁县王赞序。又有安乐孙郃所作小传，名曰《玄英》者，干私谥玄英先生也。何光远《鉴戒录》称干为诗炼句，字字无失。咏系风雅，体绝物理。传亦称其高坚峻拔。盖其气格清迥，意度闲远，于晚唐纤靡俚俗之中，独能自振。故盛为一时所推。然其七言浅弱，较逊五言。《郝氏林亭》而外，佳句无多。则又风会之有以限之也。赞序称干甥杨弇泊门僧居远收掇遗诗三百七十余篇，析为十卷。《唐书·艺文志》亦同。此本为明嘉靖丁酉干裔孙廷玺重刊，只分八卷，诗三百七篇。卷目俱非其旧。近时洞庭席氏《百家唐诗》，本从宋刻录出者，虽仍作十卷，而诗亦止三百十六篇。《全唐诗》搜罗放失，增为三百四十七篇。然与赞序原数终不相合。盖流传既久，其佚阙者多矣。

今本辑录自全唐诗卷六百四十八至卷卷六百五十三，计六卷。又从全唐文卷八百六十五中辑录唐王赞《玄英先生诗集序》置于卷首，自全唐文卷八百二十辑录唐孙郃文《方玄英先生传》、自全唐文卷八百八十九辑录唐韦庄《乞追赐李贺皇甫松等进士及第奏》、自元辛文房《唐才子传》卷七《方干传》置于卷末，作为附录。名之曰《玄英先生诗集》。

（选自《四库全书总目提要·集部别集类》玄英集八卷，浙江范懋柱家天一阁藏本）

｜文摘二 ｜

方干，字雄飞，鸬鹚源人，诗人章八元之外孙也。少耽吟咏，徐凝一见器之，授以诗律。始举进士，谒钱塘太守姚合，合视其貌陋，颇卑之。坐定览卷，乃骇目变容。馆之数月，登山临水，无不与焉。咸通中屡举不得志，遂遁会稽隐于鉴湖。太守王龟以其亢直，宜在谏署欲荐之，不果。乾符初，黄巢寇长安，僖宗幸蜀，干与江西处士张俊赴行在，献《会诸镇合剿策》，不省，干遂归。后朝廷采用其策，克复两京，廉帅方荐于朝，而干则死矣。门人私谥曰："玄英先生"。昭宗时宰臣张文蔚、封舜卿，奏名儒不第者十五人，请赐一官，以慰其魂，干其一也。干貌寝陋又唇阙，而喜陵侮，尝谒廉帅误三拜，人号"方三拜"。后遇医补其唇，又号补唇先生。其诗多警句，高秀异常，自咸通得名迄文德，江之南无有及者。殁后弟子杨弇、孙郃编其诗为十卷，王赞为之序。祀乡贤。

（选自民国《桐庐县志·文学篇》）

｜文摘三｜

方干雄飞，初居桐庐之鸬鹚源，后隐居鉴湖。其《题鉴湖西坞闲居》诗云："寒居压镜心，此处是家林。梁燕欺春醉，岩猿学夜吟。云连平地起，月向白波沉。犹自闻钟角，栖身何在深。"又云："世人如不容，吾自纵天慵。落叶凭风扫，秋粳任水舂。花朝连郭雾，雪夜隔湖钟。生在能无事，头宜白此峰。"又《感怀诗》云："至业不得力，到今独苦吟。吟成五字句，用破一生心。世路屈声满，云溪怨气深。前贤多晚达，莫怕鬓霜侵。"时唐室倾圮，朝政不纲，有司奏议："干虽有才，但科名不可与缺唇人，使四夷闻之谓中原鲜士矣。"干潜知所论，遂隐居不出十年。后遇医补其唇，而干已老矣。弟子李频皆中殊等，干以后寄之曰："弟子已折桂，先生犹卧云。"不可谓屈乎！孙郃《哭玄英先生》诗云："斗失文星落，知是先生死。湖上闻哭声，门前见弹指。官无一寸禄，名传千万里。身着纸衣裳，生虽念朱紫。我心痛其语，泪落不能已。独喜韦补缺，扬名荐天子。"

干为诗炼句，字字无失，故世称张祜升杜甫之堂，方干入钱起之室，非溢美云。《古今诗话》何光远《鉴戒录》称："干为诗炼句，字字无失。"咏系风雅，体绝物理，盖其气格清迥。意度闲远于晚唐，迁靡俚俗之中，独能自振，故盛为一时。所推集中警句，如："庭接停猿树，岩飞浴鹤泉，野渡波摇月，山城雨翳钟。"皆为人所称道至。如："鹤盘远势投孤屿，蝉曳残声过别枝。"尤称绝唱。

（选自民国《桐庐县志·诗话》）

| 文摘四 |

干，字雄飞，唐宣宗大中元年丁卯月十五日生。幼习儒业。咸通三年癸未补博士弟子员，甲申乡试不第。天祐三年丙寅二月廿二日卒。享寿六十岁。配章氏，大中三年己巳七月初七日生，天祐二年乙丑三月十八日卒。生一子翼。

公本新定人，祖居庐茨源白云村，谥元英先生。章协律美其诗，以其子妻之。先生以诗鸣咸通中和间，高坚峻拔，江南未有及者。始举进士，钱塘守姚合见其容貌，甚卑易之。及览卷，乃骇目变容而叹。累举不第，遂隐于鉴湖。会稽守王公龟以其亢直，宜在谏垣列，奏之。王公卒，遂不就。时与名士湖州牧郑公仁规、建溪守李公频、九江刺史陶公详三人为益友。有诗十卷，门人杨弇所编，翰林瓒为序。见唐本集。何光远《监戒录》述名儒为宰臣，章文尉中书舍人封舜卿奏名儒十五人赐孤魂及第，干与焉。唇缺后遇医补之，人号为"补唇先生"。今合子陵谢皋为三贤祠。

翼，字托儿，二十二岁补博士弟子员。中和三年乡试中式，任会稽县令。咸通八年戊子三月十九日生，天福五年庚子十月十二日卒，享寿七十有三。配孙氏，咸通十三年癸巳九月初九日生，长兴五年甲午四月廿一日卒。公葬父于鉴湖，复归钓台，故桐庐子孙至今家焉。生一子严。

（选自《马涧方氏宗谱》）

后　记

贫归故里生无计，病卧他乡死亦难。
放眼古今多少恨，可怜身后识方干！

这首题为《醉后题壁》的七绝的作者叫陈浦，袁枚的《随园诗话》记录了与此诗有关的故事：乾隆年间，一位名叫陈浦的老寒士，带着他的一册诗稿，请求当时的诗坛巨擘袁枚评阅。袁枚日夕游宴于权贵、诗翁、才女之间，对诗稿并未引起足够的重视，随手放在一边。几年之后想起这件事来，取出诗稿细看一遍，才发现作者原是一位很有造诣的诗人，诗作水准很高。于是忙着打听其人的下落，不料，这位老寒士早已在贫病交攻之下黯然死去。袁枚满怀深情地录下这位已故诗人的这首七绝《醉后题壁》，把它收在自己编的《随园诗话》里。然后，袁枚凄然地在《诗话》里写道："呜呼！余亦识方干于死后，能无有愧其言哉！"

方干作为桐庐籍著名晚唐诗人，在中国诗歌史上占一席之地。《全唐诗》《钦定四库全书》均对其作品进行收录，《唐才子传》为方干单独立传。方干的诗集汇编，也曾有多种版本。

其实方干生前即有诗名，并得到姚合的欣赏。只是他对后世的影响更大，特别是到宋代，白云方氏后裔共有十八位进士，可以说方干的影响得到了集中体现。所以，"可怜身后识方干"突出了他生前不得志的同时，恰恰说明后世对他的认可和评价。本集原拟借此句作为书名，也包含"识"为重点的解读和诠释；然要真正"识"方干谈何容易，最终以"走近方干"名之。

时人与方干的唱和之作、后人对方干的推崇之辞、诸家对于方干的评价之文等，只散见于各处，未尝结集，实在可惜。并且与他来往、酬赠诗作的也多为文人雅士，如李群玉、李频、陶详、郑仁规、郑谷、贯休、段成式等，特别是"遁于会稽，渔于鉴湖，与郑仁规、李频、陶详为三益友"，想必诗作往来颇多。然限于手头资料，陶详、郑仁规、段成式等人与方干唱和之作却无从查询，殊为遗憾。

鉴于此，本集围绕"题方干"主题进行尝试性收集，所有诗文中或直接明确"题方干"，或与方干直接相关，如方干宅、清芬亭等，有的则与方干间接相关。这样的尝试，以期对方干研究抛砖引玉，也为巩固桐庐"中国诗歌之乡"创建成果和"中华诗词之乡"的创建略尽绵薄之力。

在作品收集过程中，方韦先生主编的《严州诗统鉴》提供了详实的资料，居功至伟；县政协王樟松先生提供了部分诗稿，在此一并致谢。县档案局馆藏的聚远堂重修版《唐方元英先生诗集》，由王润编辑于道光九年（1829），其中以"卷之尾"收录历代诗人题咏，刊录了许多未见于他处的作品，大大丰富了本集的作品量，可说增色不少。

本集收录了210首诗词、23篇文（含节选），涉及的作者有184人、古籍4处。部分诗文内容互有出入，为尊重原材料而未做调整，相信读者会做判断。关于诗文作者，在作品后作简单介绍，以便于读者了解相关写作背景。部分资料来自网络，对资料发布者致谢！由于编者手头资料及学识所限，部分作者无法做出明确的注释，在此深表歉意。书中差错定然难免，敬请读者海涵！